KB019923

무서운 이야기 II

죽은 자들의 방문

무서운 이야기 II

초판 인쇄 2018년 12월 10일
초판 3쇄 2023년 09월 15일

엮은이 송준의
일러스트 안병현
펴낸이 이진곤
펴낸곳 씨앤톡
출판등록 제 313-2003-00192호(2003년 5월 22일)

주소 경기도 파주시 문발로 405 제2출판단지 씨앤톡 사옥 3층
전화 02-338-0092
팩스 02-338-0097
홈페이지 www.seentalk.co.kr
E-mail seentalk@naver.com
ISBN 978-89-6098-561-2 00810

이 도서의 국립중앙도서관 출판예정도서목록(CIP)은 서지정보유통지원시스템 홈페이지
(http://seoji.nl.go.kr)와 국가자료공동목록시스템(http://www.nl.go.kr/kolisnet)에서
이용하실 수 있습니다.(CIP제어번호: CIP2018039070)

죽은 자들의 방문

무서운 이야기 II

송준희 엮음

공포로의 초대장

　당신은 어둠 속에서 혼자가 되어 본 적이 있나? 특히나 깊은 산골로 놀러 간다거나 마을에서 너무 떨어져 인적이라곤 찾아볼 수 없는 곳에서 한밤중에 혼자가 되는 일은 아주 위험하다. 어떤 죽음의 힘이 당신을 공격하게 될지도 모르기 때문이다. 흔히 보이지 않는 죽음의 힘이 당신에게 위력을 발휘하는 상황은 크게 다음 두 가지로 요약된다.

　첫째, 일단 어두울 것!

　둘째, 주위에 사람이 없을 것!

　물론 요즘처럼 복잡한 시대에는 매우 많은 예외가 있지만, 이 두 가지 조건이 충족되면 대개는 주위에 귀신이 숨어 있다고 보아야 한다.

　그리고 귀신은 직접적으로 사람에게 손을 대거나 접촉하지는 못한다. 대신에 귀신은 기가 워낙 세기 때문에 염력 비슷한 것을 사용해서 누군가가 뒷덜미를 살짝 만지는 느낌을 준다거나 주위의 작은 물건을 넘어뜨린다거나 하는 식으로 자신의 존재를 알린다. 물론 굉장히 기가 센 일부 귀신들은 그런 낌새를 느낀 사람이 자신의 등 뒤를 돌아볼 때나 물건이 넘어져 소리 나는 쪽으로 고개를 돌렸을 때, 희미하게나마 자신의 형상을 보여줄 수도 있다고 한다. 그런 형상을 보게 된다면 아마도 기절을 하거나 몸을 꼼짝도 못하고 벌벌 떠는 것이 당신이 할 수 있는 일의 전부일 것이다.

그럼, 아까 얘기한 요즘 시대에 귀신이 나타나는 예를 들어 보자.

혼자서 차를 몰고 밤길을 가는데, 워낙 시골길이라서 가로등이 설치되어 있지 않고 차들이 거의 다니지 않는다면, 그 구역은 귀신이 나타날 확률이 높다. 흔히 차창 밖이나 백미러를 통해 당신을 보고 있는 것이 대부분인데, 가끔은 차 뒷좌석에 앉아서 당신을 노려보기도 한다. 학교에 남아서 여럿이 무슨 준비를 하다가 밤늦은 시간에 당신 혼자 남았다면, 그리고 전기를 아낀답시고 불 하나만 켜 놓고 다른 불은 모두 꺼서 교실이나 특활실 어느 구석이 어둑어둑한 부분이 있다면 거기에서 귀신이 당신을 노려보고 있을 가능성이 높다. 수위 아저씨는 다소 멀리 떨어져 있기 때문에 귀신에겐 전혀 견제의 대상이 되지 않는다. 만약 어떤 낌새가 느껴졌다면 지금 빨리 곧장 문 쪽으로 가서 교실의 모든 불을 켠 후, 하던 작업을 멈추고 집으로 가기 바란다.

그 커다란 건물에 사람이라곤 1층에 있는 수위를 빼고는 당신 하나만 있는 셈이니까.

귀신이 당신에게 장난을 칠 충분한 조건이 된다.

마지막으로 귀신이 당신에게 나타날 가능성이 가장 큰 경우는, 당신 스스로 귀신이 나타날지도 모른다는 생각을 하는 순간이다. 주의하기 바란다. 어느 구석에선가 귀신이 당신을 노려보고 있을지도 모르니까.

송준의

차례

제1부   도시 괴담

제 2 부   **군대 괴담**

제 3 부 **학교 괴담**

제 1 부

도시 괴담

제1화

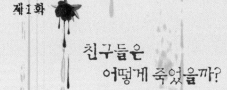

친구들은 어떻게 죽었을까?

그러니까 3년 전. 내가 대학교 입학을 확정 지어놓고 고등학교 시절의 고통을 벗어버리고 마음 껏 놀아보겠다는 생각에 한창 친구 녀석들과 어울려 다닐 때의 일이다.

논다고 해 보아야, 겨울이라 밖에서 노는 것이 마 땅하지 않았던 우리는 영화를 보러 간다던지 각자의 집을 돌아가면서 집에서 논다던지 아니면 PC방에 가 는 정도였다. PC방에서는 보통 스타크래프트로 편을 먹고 게임을 했다.

우리는 네 명이 어울려 다녔는데, 사실 그중에서 두 명은 마음에 드는 녀석들은 아니었다. K라는 녀석 은 다소 성격이 모가 나고 지기를 굉장히 싫어했다. P도 공부는 좀 하는 편이었지만 자기주장이 너무 강해서 남의 말을 잘 들어주지 않았다. 다만 S만이 나와 의견이 잘 맞아서 3년 내내 거의 단짝처럼 지낸 녀석이었다. 우리는 이 S가 거의 리더 같은 역할을 했기 때문에 어울리는 데는 별 문제가 없었다.

그러던 어느 날. PC방에서 편을 갈라 한창 스타를 하고 있는데, 웬 어린아이 하나가 지나가다가 K의 팔을 툭 치고 지나갔다. 그런데 공교롭게도 바로 그 순간에 한 타이밍을 놓친 K는 다 이겨놓은 게임을 망쳐버리고 말았다.

"에이, 씨~!"

기분이 몹시 상한 K는 자리에서 일어났다. 나는 화장실에나 가는 줄 알았는데, K는 자기의 게임을 망치게 한 꼬마 아이를 붙들고는 마구 야단을 치고 있었다. 얼마나 심하게 야단을 쳤는지 나중에는 PC방 안이 시끄러울 정도였다. 우리는 모두 그쪽으로 달려가 K를 말렸다. 그러면서 P는 꼬마 아이의 머리를 쥐어박으며 다음부터는 조심해서 다니라고 주의를 주었다.

"야, 뭘 그런 걸 가지고 애를 때리고 그래!"

S가 그런 둘을 나무라며 우리 자리로 끌고 왔다. 우리가 자리로 돌아오는 동안, 내가 살짝 뒤돌아서 그 아이를 보았다. 그 아이는 우리를 노려보고 서 있더니 하던 게임도 놔 둔 채 PC방을 나가버렸다. 어린 녀석의 눈빛이 어찌나 강렬한지 순간 섬뜩한 기분마저 들었다.

그 후 우리는 흥이 깨져 게임도 하는 둥 마는 둥 하고 조금 있다가 바로 PC방을 나섰다. PC방을 나오니, 도로가에 사람들이 모여 있고 경찰도 와서 뭔가를 열심히 보고 있는 게 보였다. 우리는 호기심에 그쪽으로 가 보았다. 그랬더니 이게 웬일인가? 조금 전의 그 꼬마 아이가 길을 건너다 차에 치여 죽어 있는 것이 아닌가?

운전자는 자기의 과실을 인정하기 싫은 듯 변명의 소리를 질러댔다.

"에이, 짜식! 죽으려면 그냥 죽지, 바로 옆에 횡단보도를 놔두고 왜 내 차에 뛰어들어!"

'뭐야? 그럼 자살이라도 했단 말이야? 에이~, 저 아저씨 자기 죄를 애한테 뒤집어씌우려고 그러네.' 하고 나는 속으로 생각했다.

하지만 우리는 그 광경을 보고 서로 아무 말도 못
하고 헤어졌다.

'K가 그러지만 않았어도 저 아이는 아직 PC방에서 게
임이나 하고 있었을 텐데……'

아마도 모두들 그런 생각을 했을 것이다. 그리고 그날 이후 우리는 꼬마 아이의 죽음이 마음에 걸려서 잘 만나지도 않았다. 그리고 며칠이 지났다. S로부터 전화가 걸려왔다.

"야! K가 죽었대!"

"뭐? 걔가 갑자기 왜 죽어?"

"경찰 얘기로는 게임 중독 때문에 밤새 컴퓨터를 하다가 탈진해서 죽었다는 거야."

그런데 그때 나는 갑자기 PC방 앞 도로에서 죽은 그 꼬마 아이가 생각나면서 온몸에 소름이 돋는 걸 느꼈다.

'혹시, 그 아이가⋯⋯? 에이, 아니겠지.'

그리고 또 며칠 뒤, S로부터 P가 죽었다는 소식이 전해졌다. 나는 무슨 죄라도 지은 느낌이 들어 S의 집으로 향했다.

"P는 어떻게 죽은 거래?" 내가 묻자 S가 대답했다.

"P네 식구들이 입을 다물어서 어떻게 죽었는지는 잘 모르겠는데, 죽기 전에 분명 컴퓨터를 하고 있었어."

"네가 그걸 어떻게 알아?"

"글쎄, P가 나한테 어젯밤 늦게 전화를 했잖아. 전화를 받았더니 이렇게 말하는 거야. 이젠 니들 다 죽었어! 내 스타 실력이 얼마나 늘었는지 내일 보여 주마."

"야, 그게 무슨 뚱딴지 같은 소리야?"

"나도 잘 모르겠어. P는 그렇게만 말하고 전화를 끊었거든."

PC방에서 게임을 하면 늘 꼴찌를 하던 P였기 때문에 열심히 연습을 할 수는 있겠지만, 그렇다고 그것과 P의 죽음을 연관시키기에는 뭔가 부족한 점이 많았다. 이번에도 경찰은 게임 중독으로 인한 과로를 직접적인 사인이라고 발표했다. 하지만 어쩌면 나도 죽을지 모른다는 공포가 스멀스멀 가슴을 죄어왔다.

"혹시 말이야, 그때 그 PC방에서 만났던 그 꼬마 아이와 관련이 있는 건 아닐까?"

"에이, 설마!"

나의 물음에 S는 한사코 부정하려는 듯 말을 얼버무렸다. 하지만 S의 표정에도 한 가닥 공포의 빛이 스쳐지나가는 것을 나는 놓치지 않았다.

"그 꼬마 아이는 그때 분명 우리한테 혼나고 나서 기분이 상해 집으로 가다가 죽은 걸 거야. 너 그 아이가 우리를 노려보던 눈빛 혹시 기억하니?

"아니! 하지만 친구들의 죽음과 그 꼬마 아이를 연관시키는 건 좀 오버 아냐?"

나의 물음에 S가 대답했다. 하지만 나는 왠지 저주스럽게 노려보던 그 꼬마의 눈빛을 잊을 수가 없었다. S는 우연이라고 생각했고, 나는 분명히 연관이 있을 거라고 생각했다. 그리고 우리 둘의 생각 차이는 좁혀지지 않았다. 그렇다고 그런 것으로 말다툼까지야 할 수 없는 상황이어서 우리는 곧 헤어져 집으로 돌아왔다.

집에 돌아온 나는 두 친구의 죽음에 대해 생각했다. 그들은 어떻게 죽은 것일까? 둘의 죽음에서 공통점이라고는 컴퓨터를 하다가 죽었다는 것밖에는 없었다. 물론 다른 공통점이 있었을 수도 있지만, 우리가 알 수 있는 것은 그것이 전부였다.

컴퓨터?

나는 어느새 컴퓨터를 켜고 있었다. 컴퓨터가 켜지자 처음에는 무엇을 해야 할지 몰랐다. 그러다가 늘 그렇듯이 인터넷 익스플로러 바로 가기를 눌렀다. 그리고 별생각 없이 이곳저곳을 기웃거리고 있다고 생각했는데, 어느새 스타크래프트의 배틀 화면이 나타났다.

그리고 나는 마치 그렇게 하도록 정해져 있기나 했던 것처럼 대기 중인 상대를 고르고 게임을 시작했다. 앞마당에 유닛들을 쏟아내고 정찰을 내보내고 벙커를 짓고…… 이제 본격적인 전투 준비에 돌입해야 한다. 하지만 결과는 질 게 뻔했다. 내 실력이 워낙 없는 데에다 이 시간에 배틀에 들어와 있는 사람이라면 틀림없이 나보다는 한참이나 고수들일 것이기 때문이다.

사실 나는 전투가 시작되면 무엇을 어떻게 해야 할지 갈피조차 잡지 못했다. 그런데 그날 밤은 좀 달랐다. 마치 벌써 전략이 세워져 있기라도 한 것처럼 손이 재빠르게 움직였다. 첫 번째 게임에서는 '치즈러시'(소수의 마린과 SCV로 하는 초반 러시. 초반에 올인 하는 것으로 실패하면 바로 끝장이다)로 간단히 끝냈다. 이 작전은 웬만해서는 초보자가 사용하기 힘든 것인데, 용케 먹혀 들어갔다. 이제껏 이렇게 쉽게 이겨 본 적이 없는 나는 기분이 날아갈 것처럼 좋았다.

두 번째 게임. 그렇다! 한 번 감을 잡은 나는 두 번째 게임을 시작하고 있었다. 내가 생각해도 이상한 행동이었다. 상대는 저그. 나는 어느새 'SK테란' 전략을 구사하며, 저글링의 초반 러시를 감당해냈다. 그러고는 곧바로 마린과 메딕, 탱크와 골리앗 위주의 유닛들을 뽑아내 순식간에 저그의 본거지를 격파하는 데 성공했다. 두 번째 게임도 승리!

세 번째 게임, 네 번째 게임, 다섯 번째 게임……. 날이 새고 있었다. 나는 잠시 컴퓨터를 끄고 침대에 누웠다. 한두 시간이나 잤을까? 엄마가 아침을 먹으라며 깨우셨다. 나는 평소처럼 아침을 먹고 내 방으로 돌아왔다. 그리고 다시 컴퓨터를 켰다. 나는 간밤의 배틀에서 거둔 승리들을 잊을 수가 없었다. 그리고는 또 미친 듯이 게임을 이어가기 시작했다.

그런데 이상한 것은 다른 때 같으면 엄마나 아빠가 뭐라고 한마디했을 텐데, 그날따라 아무도 제재하는 사람이 없었다는 점이다. 그날 저녁 벌써 수십 번의 전투에서 완벽한 승리를 거둔 나는 누군가와 이 기쁨을 나누고 싶어졌다. 그래서 휴대폰을 꺼내 S에게 전화를 했다.

"야! 이 늦은 시각에 웬일이냐?"

자다가 받은 듯 S의 심드렁한 목소리가 들려왔다.

"야! 이거 정말 기가 막혀. 나 이젠 테란의 달인이 된 것 같아."

"무슨 자다가 봉창 두드리는 소리냐? 야! 너 게임 하니?"

S가 잠에서 깨어 놀란 듯한 목소리로 그렇게 물어왔다.

"그래! 지금 벌써 몇 판을 이겼는지 몰라! 야! 정말! 이 기분을 너하고 꼭 함께 나누고 싶었어!"

"야! 너 집이지?"

S는 갑자기 다급한 듯 소리를 질렀고, 전화 끊는 소리가 들렸다. 나는 S가 오면 보여 주기 위해서 더욱더 열을 올려 게임에 집중했다. 심장이 터질 듯이 흥분되었다. 마치 곧 숨이 넘어갈 것처럼……. 손가락이 아프고, 눈도 아프고, 목덜미도 저리고 했지만, 나는 그런 것에 전혀 신경 쓰지 않고 게임에만 집중했다.

그러다가 어느 순간, 내 방문이 활짝 열렸다. 문 밖에는 아빠와 엄마, 그리고 S가 서 있었다. 그리고 컴퓨터 앞에 앉아 있는 나를 발견한 S는 다짜고짜 전원 스위치를 꺼버렸다.

"이게 무슨 짓이야! 한참 잘 나가고 있는데!"

난 소리를 버럭 질렀다.

"네 말이 맞는 것 같아. 애들도 너처럼 하다가 죽었을 거야. 그 꼬마의 혼령이 너를 그렇게 만든 거라고! 너도 그렇게 말했잖아. 꼬마 아이와 분명 관련이 있을 거라고!"

S는 더 큰 소리로 이렇게 말했다. 나는 정신이 멍한 가운데서도 S가 무슨 말을 하려는지 생각해냈다. 그리고 엄마가 나를 꼭 안아 주셨다.

그 꼬마 아이가 우리를 죽이려고 마음먹었다? 그렇다고밖에 설명할 수 없는 상황이었다. 게임도 잘 못하는 내가 그렇게 계속해서 이기게 되고, 그 재미에 빠져 며칠 밤을 새우게 된다면 과로로 죽게 되었을 수도 있다는 생각을 하면 지금도 소름이 끼친다. 순간 정신이 혼미해지고 눈꺼풀은 점점 내려갔다……. 난 기절을 하고 있었던 것 같다. 하지만 난 분명히 보았다. 꺼진 모니터 화면에 나타나 날 노려보고 있던 소년의 얼굴을…….

제2화

고양이의 복수!

내가 그런 끔찍한 일을 겪은 것은 작년 여름이었다.

나를 포함해서 친구 여섯 명이 휴가를 맞춰 3박 4일 일정으로 △◇○로 여행을 떠났다.

여섯 명이라서 차 두 대가 필요했다. 운전이 서툰 나는 되도록 차를 가져가지 않으려고 했지만, 어쩔 수 없이 가지고 가기로 했다. 운전을 잘하는 친구가 앞에 가고 운전을 못하는 내가 뒤를 따라가는 식으로 조심조심 운전을 했다.

서울을 빠져나가 고속도로를 달려 드디어 산길로 접어들었다. 상쾌한 숲 향기가 열린 차창을 통해 시원하게 밀려들어 왔다. 기분이 좋았다.

"어머~, 공기가 너무 좋다, 얘!"

나는 운전하느라 힘든데, 조수석에 앉은 친구는 태평하기도 하다. 우리의 목적지는 작은 산을 하나 넘어야 했는데, 꼬불꼬불한 길이 끝없이 이어졌다. 꼬불꼬불 올라가는 산길. 길이 좁아 내려오는 차들과 부딪힐까 봐 걱정도 많이 하면서 앞차를 부지런히 쫓아가고 있는데, 갑자기 앞차가 옆으로 핸들을 꺾었다. 무엇을 피하는 모양이었다. 하지만 운전이 서툰 나는 그대로 직진을 하고 말았다. 순간!

쾅!

무언가가 내 차에 받혔다.

'산짐승이 길을 건너다 그런 걸까?'

그런 생각을 하면서 얼른 차를 세우고 아까 그 지점으로 가 보았다. 그랬더니 거기에는 고양이 한 마리가 내 차에 치여 피를 쏟으며 죽어 있었다. 모양이 끔찍했다. 그런데 자세히 보니 야생 고양이가 아니라 목에 리본이 달려 있는 집에서 기르는 고양이였다.

"어머, 앤 어쩌다가 이런 데 있었지?"

친구가 그런 말을 하는데, 뒤에서 '빵빵!' 하는 소리가 들렸다. 어느새 뒤따라온 다른 차들이 길을 비키라고 보내는 신호였다. 우리는 어쩔 수 없이 죽은 고양이를 그대로 놔두고 서둘러 차를 출발시켰다. 운전을 하면서 내내 기분이 안 좋았다.

"야, 아까 그 고양이 말이야, 옆으로 치워 주고 올 걸 그랬다. 다른 차들이 다 밟고 지나가겠지?"

기분이 찜찜해진 내가 그렇게 걱정을 하자, 옆자리에 앉은 친구는 운전이나 잘 하라면서 질린 표정을 짓고 있었다.

좀 안 좋은 일이 있기는 했지만, 그럭저럭 예약해 둔 민박집에 도착해서 산책도 하고 저녁도 먹고 이야기도 하면서 재미있게 놀고 있었다. 그런데 밤 11시쯤 회사에서 연락이 왔다. 내가 맡고 있던 일에 문제가 생겨서 빨리 오라고 하는 것이다. 마무리까지 잘했다고 생각했는데, 문제가 생긴 것이다. 아침 일찍 회사에 가기 위해 나는 혼자서 차를 몰고 집으로 향했다.

밤 12시가 다 되어 가는 시각. 자동차 헤드라이트 빛 외에 빛이라고는 하나도 없었고, 가끔 스쳐지나가는 자동차 소리 외에는 아무 소리도 들리지 않았다. 너무나 고요했다. 슬며시 무서운 생각이 들었다. 나는 CD를 켜고 음악을 들었다. 하지만 무서운 생각은 머리에서 떠나지 않았다. 혹시 하얀 소복을 입은 여자가 차를 태워달라고 길가에 서 있으면 어떡하지? 그런 생각을 하면서 조심조심 차를 모는데, 왠지 낯익은 장소가 나타났다. 어? 여기가 어딘데 낯이 익지? 언제 여기 와 봤나? 그런 생각이 든 바로 그때!

"야옹!"

고양이 울음소리다! CD에서 나는 소린가? 하고 생각도 해 보았지만, 그 CD에 고양이 울음소리가 들어 있는 노래는 없었다. 순간 나는 머리카락이 곤두섰다. 낯이 익다고 생각했던 그 장소는 바로 낮에 내

가 자동차로 고양이를 친 곳이었다.

"야옹! 야~옹!"

또다시 고양이 울음소리가 들려왔다. 낮의 그 고양
이가 생각났다. 원망하는 듯한 눈동자를 하고 죽어
있던 고양이. 내 뒤를 따라오며 울고 있는 것 같았다.
나는 완전히 무서움에 질려 어떻게 운전을 하는지도
모르게 차를 몰고 있었다. '야옹! 야옹!' 처음에는 작게
들리던 고양이 울음소리는 점점 크게 들렸다. 마치
멀리서 나를 발견하고 급하게 쫓아오는 것처럼……
나는 자동차의 속도를 올리고 싶었지만 워낙 꼬불꼬
불한 길이어서 속도를 낼 수가 없었다. 고양이의 울
음소리는 점점 더 가까이 다가오더니 내 차를 바짝
따라붙었다.

"야옹~! 야~옹! 야~옹!"

비명을 지르는 듯한 고양이 울음소리. 너무나 무서
운 나머지 온몸에 식은땀이 흐르기 시작했다. 땀은
이마를 지나 눈에까지 들어가 앞을 제대로 볼 수 없
을 정도였다. 나는 한 손으로 땀을 닦으면서 자동차
안에 있는 거울로 내 얼굴을 힐끔 쳐다봤다. 바로 그

순간! 그 거울 속에 비친 뒷좌석에는 고양이 한 마리가 사지는 찢기고, 피를 뚝뚝 흘리며 새빨간 눈동자를 드러낸 동그란 눈이 나를 노려보고 있었다. 곧이어 그 고양이는 새하얀 이빨을 드러내면서 "크르르르르르릉" 하더니 앞발을 들어 내 등을 할퀴려고 하는 모습이 거울을 통해 보였다. 나는 재빨리 몸을 숙였다. 바로 그때 저 앞 멀리 반대편 차선에서 자동차 헤드라이트 불빛이 내 쪽을 향해 달려오는 것이 보였다. 나는 재빨리 도로 중앙에 차를 세우고 차에서 뛰어내렸다. 마주오던 차는 내 차 때문에 요란한 브레이크 굉음과 함께 멈추어 섰고, 웬 남자 하나가 험악한 표정으로 욕을 해대며 차에서 내리고 있었다.

내가 기억하는 것은 거기까지이다. 깨어나 보니 병원이었다. 그때 만약 차에서 내리지 않았다면 어떻게 되었을까? 불과 2, 3분 사이에 일어난 그 일로 나는 밤 운전을 하지 않게 되었다.

나중에 들은 이야기로는 그 산길 도로에는 아직도 한밤중에 고양이 울음소리가 들린다고 한다.

제3화

삼재

몇 년 전에 있었던 일이다.

세상에 미신이라는 것이 정말 있는 것인지는 알 수 없지만, 지금 나는 그것을 전혀 믿을 수 없는 것이라고는 생각하지 않는다. 그것은 내가 직접 겪은 다음과 같은 일 때문이다.

그해는 내가 삼재(매번 9년이 지나면 3년씩 찾아오는 액운이 든다는 시기)가 들어서 운이 좋지 않다며 할머니를 포함한 아빠, 엄마가 올해는 꼭 조심하면서 지내야 한다고 새해 첫날부터 야단을 피우셨다. 그리고 설을 쇠고 며칠 지나지 않은 어느 날이었다. 할머니께서 어딘가를 다녀오시더니 대뜸 나한테 집을 나가서 혼자 살라고 하시는 것이었다. 점쟁이가 내 운수를 보더니 집에서 함께 살면 안 좋은 일이 있다고 했다는 것이다.

직장 생활 5년 동안 내가 제일 하고 싶었던 것이 혼자 독립생활을 하는 것이었는데, 아빠, 엄마의 반대로 이루지 못하던 소원이 할머니의 말씀 한마디로 해결된 셈이다.

부랴부랴 원룸을 구하고 이사를 하고 며칠이나 지났을까? 어느 금요일. 친구를 만나 저녁 식사와 와인을 즐긴 나는 11시가 다 되어서야 원룸에 돌아왔다. 그날따라 날씨가 어찌나 춥던지 몸이 꽁꽁 얼어 있었다. 나는 보일러를 틀고 욕조에 물을 받아 따끈따끈한 물에 몸을 담갔다. 몸이 따뜻해지면서 스르르 잠이 들었던 것 같다.

그리고 그것이 꿈속에서 그런 것인지 실제로 그런 것인지 알 수는 없지만, 이상한 느낌이 들어서 깜짝 놀라며 눈을 떴다. 수증기로 꽉 찬 욕실 안은 이상하게 싸늘한 기운이 감돌았다. 물은 아직도 따뜻한데, 이상하게 한기가 드는 것이었다.

나는 이상하다고 생각하면서 욕실 안을 둘러보기 시작했다. 바로 그 순간! 내 몸은 얼어붙고 말았다.

내가 몸을 담그고 있는 욕조 안에서 무언가가 둥둥 떠 있는 것을 발견했기 때문이다.

검은색의 무언가가 둥둥…….

동그란 물체가 출렁이는 물결을 따라서 둥둥…….

그리고 조금씩 돌아가더니 뭔가가 반짝하고 빛났다. 이미 얼어버린 나의 몸은 꼼짝도 못하고, 둥둥 떠 있는 그 물체를 뚫어지게 바라보았다. 그리고 이내 돌기를 거의 멈춘 동그란 그것은 아래쪽이 벌어지기 시작했다.

그것은 바로 섬뜩한 미소를 띤 입이었다. 검정색은 길게 늘어뜨린 머리카락이었고, 반짝이는 것은 눈동자였다. 남자인지 여자인지 알 수 없는 그 머리는 나를 노려보고 있었다. 그것은 나의 눈과 마주치자 입가의 미소를 싹 없애고는 이렇게 중얼거리는 것이었다.

"여기 숨어 있으면 못 찾을 줄 알고? 이 할망구가 못된 꾀를 냈구나. 으흐흐흐히! 그런데 이걸 어쩐다? 몸뚱이를 가져 오지 못해서 데려갈 수가 없네."

나는 너무나 무서워서 그것을 보지 않으려고 욕조 옆의 벽 쪽으로 고개를 돌렸다. 하지만 그 벽에는 커다란 거울이 붙어 있는 걸 깜빡했다. 어차피 거울을 통해 보일 텐데……. 그렇게 생각한 순간 나는 또다시 놀라지 않을 수 없었다. 그 거울 속에 비친 것은 내가 아니었기 때문이다.

　거울 속에는 또 다른 욕조가 있었고, 검정색 옷을 단정하게 입은 목이 없는 몸이 공중에 떠서 어떤 여자를 욕조에서 끄집어내고 있는 것이 보였다. 힘차게 끌어올릴 때마다 나는 마치 내 몸이 끌려올라가는 느낌이 들었다. 거울 속의 욕조에 있는 사람은 끌려가지 않으려고 발버둥을 치고 있었다. 하지만 끄집어내려는 몸뚱이의 힘은 아주 센 것 같았다. 어깻죽지를 세게 움켜쥐고는 번쩍 욕조 위로 들어올렸다. 어깨에서는 피가 뚝뚝 떨어지고 있었고, 팔과 다리는 이미 힘이 빠져나간 듯, 몸통에 덜렁덜렁 매달려 있었다. 그것을 보는 순간 나는 비명을 지르며 미친 듯이 욕조에서 빠져나오려고 몸부림을 쳤다.

　그 뒤에 무슨 일이 있었는지 나는 거의 기억하지 못한다. 내가 정신을 차렸을 때는 원룸 가까이에 사는 회사의 친한 동료 집에 있었다. 다음 날 아침, 휴

대폰 울리는 소리에 잠이 깼다. 휴대폰을 받으니 엄마의 다급한 목소리가 들렸다.

"얘! 빨리 ○×병원으로 와. 할머니께서 간밤에 돌아가셨어!"

쿵! 나는 충격을 받고 그 자리에서 쓰러지고 말았다.

할머니의 장례가 끝나자, 아빠와 엄마는 나를 다시 집으로 들어오게 하셨다. 마음이 안정되고 생활이 어느 정도 정상으로 돌아온 어느 봄 주말 오후. 따사로운 햇볕에 말린 빨래를 개며 엄마가 이렇게 말씀하시는 것이었다.

"할머니께서 돌아가시던 날, 너에게 그런 일이 있었다면, 할머니는 어쩌면 너 대신 돌아가셨을지도 몰라, 얘!"

"예? 그게 무슨 말이에요, 엄마?"

내 물음에 엄마는 이런 이야기를 들려 주셨다.

내가 원룸의 욕실에서 이상한 일을 당하던 그날, 할머니는 평소에 안 하시던 목욕을 하겠다고 하셨다.

그것도 11시가 넘어서. 그래서 목욕물을 알맞은 온도로 욕조에 받고 할머니를 들어가시게 했다. 그런데 한 시간쯤 지났을까? 욕실에서 시끄러운 소리가 들렸다. 그래서 욕실 앞에 가 보았더니 할머니는 누군가에게 큰 소리를 지르고 계셨다.

"안 돼! 이놈아! 날 데려가라!"

엄마는 얼른 욕실 문을 열려고 했지만, 열리지 않았다. 그래서 엄마는 열쇠를 찾아 욕실 문 자물쇠에 넣고 돌렸다. 하지만 이번에도 꼼짝을 하지 않았다.

"안 된다. 이놈아, 안 돼! 차라리 날 데려가라, 이놈아!"

욕실 안에서는 알 수 없는 할머니의 고함 소리와 함께 신음 소리가 섞여서 들렸다. 문이 아무리 해도 열리지 않자, 엄마는 다급하게 아빠를 부르셨고, 아빠는 무슨 생각이 들었는지 몸으로 욕실 문을 부딪쳐 문을 부수고라도 들어가려고 하셨다. 하지만 문은 꼼짝도 하지 않았다.

시간이 얼마나 지났을까? 할머니의 괴성은 뚝 멎었고 손잡이를 돌려 보니 찰칵 하고 문이 열렸다. 안

으로 들어가 보니, 할머니의 어깨에는 무언가로 할퀸 것 같은 상처가 나 있었고, 그 자리에는 많은 피가 흘러 있었다. 할머니는 이미 온몸에서 힘이 다 빠져나간 상태였고, 그렇게 돌아가신 것이다.

아직도 그때 생각을 하면 소름이 끼치고 공포에 휩싸이곤 하는데, 그럴 때마다 나는 할머니의 사진을 본다. 사진 속에서 할머니는 걱정하지 말라는 듯 미소를 머금고 나를 지켜보고 계신다.

그날 밤 할머니와 싸웠던 것은 과연 무엇일까? 할머니는 나를 지키기 위해 싸우셨던 것일까?

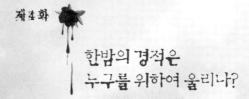

제4화
한밤의 경적은 누구를 위하여 울리나?

내 친구의 친척 중에 이런 일이 있었다고 한다.

할머니, 아버지, 어머니 그리고 딸 이렇게 네 식구가 사는 집이 있었다. 고부간의 갈등이 있는 집안이었던 모양인데, 할머니가 늙으면서 차츰 푸대접을 받기 시작했다. 급기야 할머니는 노망이 들었는지 가끔 헛소리를 하는가 하면 한밤중에 소리를 질러 온 집안 식구를 깨우는 등 조용한 성품이 점점 괴팍하게 바뀌었다. 그럴수록 식구들은 할머니를 더욱 소홀히 대했고, 또한 그럴수록 할머니의 성격은 안 좋은 쪽으로 변해 갔다. 그런 불행한 생활을 보내던 어느 날이었다.

그 집의 딸은 고3이었는데, 2층에 방을 가지고 있

었다. 그 딸이 한밤중에 잠을 자고 있는데, 밖에서 경적 소리가 울리더란다. 어찌나 시끄럽게 울려대던지 잠을 잘 수 없게 된 딸은 2층 자기 방에서 창문을 열고 밖을 내다보았다. 그러자 골목에 운구차가 서 있더라는 것이다. 그런데 이상한 것은 사람은 하나도 안 보이는 것이었다.

'이 한밤중에 웬 운구차가 서 있담? 누가 죽었나?'

그런 생각을 하며 운구차를 내려다보고 있는데, 이상하게도 그렇게 시끄럽게 울리던 경적 소리가 딱 멎더란다. 이제 좀 조용해졌다고 생각한 고3 딸은 창문을 닫고 침대에 누웠다. 그러고는 막 잠이 들려고 할 때였다.

"빵! 빠앙! 빠아앙!"

경적 소리가 다시 요란하게 울리기 시작했다.

"아이 참~! 이건 너무 심하잖아!"

혼잣말을 하며 딸은 다시 창문을 열고 밖을 내다보았다. 운구차는 그대로 있었고, 사람은 역시 그림자도 보이지 않았다. 그리고 이번에도 경적 소리가 딱 멎는 것이었다.

'이상하네? 금방까지 시끄러웠는데……'

그런 생각을 하며 다시 창문을 닫고 침대에 누웠는데, 또 '빵, 빠앙!' 하며 운구차가 시끄럽게 경적을 울리는 것이었다. 딸은 불현듯 이런 생각이 들기 시작했다.

'저 운구차, 혹시 나를 데려가려고 온 건 아닐까?'

한번 그런 생각이 들자 무서워서 잠을 잘 수가 없었다. 그래서 그날 밤은 이불을 뒤집어쓰고 아침이 오기만을 기다렸다. 그렇게 괴로운 밤을 지새운 딸은 아침에 아빠와 엄마에게 물었다.

"우리 동네에서 누가 죽었어요? 운구차가 왜 그렇게 시끄럽게 밤새도록 빵빵거려요?"

"얘가 아침부터 무슨 귀신 씻나락 까먹는 소리를 하는 거야? 죽긴 누가 죽고 시끄럽게 빵빵거리기는 뭐가 빵빵거렸다는 거야? 잠만 잘 잤구먼."

"아주 지독한 악몽을 꾼 모양이구나. 고3이라서 스트레스 때문에 그런 거 아니니?"

엄마와 아빠의 대답은 말 그대로 상대할 가치도 없다는 투였다. 하지만 딸은 거의 매일 밤 경적 소리 때문에 잠을 설쳐야 했다. 그리고 며칠 후 토요일. 아빠와 엄마가 모임에 가신다며 딸에게 이렇게 말했다.

"할머니 진지는 아침에 드렸으니까 점심만 챙겨 드려라. 저녁때는 돌아올 거다."

아빠와 엄마는 그런 말을 남기고 집을 나섰고, 딸은 그만 깜빡 잊고 할머니 점심을 차려 드리지 않았다. 그런데 저녁이 되었는데도 아빠와 엄마는 돌아오지 않았다. 6시, 7시, 8시, 9시……. 아무리 기다려도 아빠와 엄마는 돌아오지 않았다. 딸은 귀찮아서 저녁을 먹는 것도 잊은 채 돌아오지 않는 아빠와 엄마를 기다리다가 잠이 들었다. 얼마나 잤을까?

"빵! 빠앙! 빠아앙!"

경적 소리에 화들짝 놀라 잠이 깼다. 얼핏 시계를 보니 12시가 넘어 있었다. 잠은 깨었지만, 오늘은 아

빠와 엄마도 안 계셔서 딸은 너무 무
서운 나머지 창밖을 내다볼 수가 없
었다. 하지만 멈추지 않고 시끄럽게
들리는 경적 소리……

"빵! 빠앙! 빠아앙!"

"그만!!!"

딸은 더 이상 참지 못하고 소리를
지르고 말았다. 그 순간 신기하게도
경적 소리가 딱 멈추는 것이었다. 너
무나 고요한 정적이 몇 분 정도 흐르자, 딸
은 궁금해지기 시작했다. 아직까지 한 번도 그렇게
경적 소리가 멈춘 적이 없었기 때문이다. 딸은 떨리
는 몸을 가까스로 다잡으며 살짝 창문을 열어 보았
다. 그랬더니 그때까지는 보이지 않던 사람들이……,
운구차 안에서 검정 옷을 입은 여러 명의 사람들이
내리는 것이 보였다. 표정이 없는 사람들 대여섯 명
이 느릿하지만 절도 있는 걸음걸이로 운구차에서 내
려 걷기 시작했다.

'어디로 가는 거지?'

딸은 맨 앞쪽에 가는 사람을 바라보았다. 그랬더니 이게 어찌된 일인가? 그 사람들이 바로 자기네 집 현관 쪽으로 방향을 바꿔 몰려오고 있는 것이 아닌가? 그리고 곧이어 1층에서 벨 울리는 소리가 들렸다. 딸은 얼른 창문을 닫았다. 그리고 꼼짝도 못하고 서 있었다. 처음에는 '딩동…… 딩동……' 하며 천천히 울리던 벨이 점점 '딩동! 딩동! 딩동!' 하며 다급하게 울리기 시작했다. 순간 딸은 이런 생각이 들었다.

'아까 낮에 마트에 다녀오면서 내가 문을 잠갔던가?'

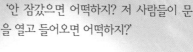

'딩동 딩동 딩동 딩동 딩동 딩동 딩동 딩동!'

'안 잠갔으면 어떡하지? 저 사람들이 문을 열고 들어오면 어떡하지?'

그런 생각을 하는 사이에도 벨은 다급하게 울리고 있었다.

딸은 문을 잠갔는지 확신이 서지 않았다. 그래서 얼른 1층으로 내려가 잠금 장치를 확인했다. 다행이 문은 잠겨 있었다. 바로 그때!

'탕탕탕탕!'

자기가 현관문 앞에 와 있는 것을 알기라도 한 듯, 갑자기 문을 두드리기 시작하는 것이었다. 그리고 이어서 현관문 손잡이가 '딸깍 딸깍' 소리를 내며 좌우로 움직이기 시작했다. 딸은 극도의 공포감을 느끼며 문의 손잡이를 열지 못하도록 힘껏 잡았다.

"탕탕탕탕! 탕탕탕탕!"

딸은 공포에 떨며 소리를 질러댔다!

"안 돼! 안 돼!"

얼마나 시간이 흘렀을까? 딸은 손에서 힘이 점점 빠져나가는 것을 느꼈다. 그리고 그 힘이 다해 포기하려는 순간!

"따르릉 따르르릉!"

전화가 울렸다. 딸은 구세주라도 만난 듯 얼른 전화를 받았다.

48

"여보세요? 아빠? 엄마?"

"아, 여보세요. 거기 ○○○씨 댁이죠?"

수화기 너머에서는 점잖은 중년의 목소리가 아빠의 이름을 대며 그렇게 물어왔다.

"네에."

"저어, 마음을 굳게 먹고 들으세요. 조금 전에 아버님과 어머님께서 교통사고로 돌아가셨습니다. 댁에서 가까운 도로에서 운구차와 충돌했는데, 그만……."

"운구차요?"

딸은 그 말을 듣는 순간, 여태까지 보아온 창밖의 운구차가 자신을 데리러 온 것이 아니라 아빠, 엄마를 데리러 온 것이 아닐까 하는 생각을 했다. 그런 생각을 하고 있는데 이상하게도 등 뒤에서 인기척이 났다. 돌아다보니 혼자서는 꼼짝도 못하는 할머니가 꼿꼿하게 서서 자신을 노려보고 있는 것이 아닌가? 그리고 이렇게 말하는 것이었다.

"너도 운구차를 타야 해!"

그렇게 말하는 할머니의 표정은 이미 이 세상 사람의 표정이 아니었다. 그런 광경을 본 딸은 그만 정신을 잃고 쓰러졌고, 병원에서 깨어났을 때는 이미 약간 정신이 이상해진 후였다고 한다.

나중에 경찰이 그 집을 찾아와 문을 열고 들어가 보니, 할머니도 싸늘하게 식어 있는 밥상을 앞에 두고 자신의 방에서 죽어 있었다고 한다. 그런데 그 표정이 매우 편안하면서 뭔지 모르지만 아쉬운 듯한 표정을 짓고 있었다고 한다. 그리고 정신이 이상해진 딸은 친구의 집에서 지내게 되었는데, 가끔 물어보지 않은 그날의 일을 혼자서 중얼거리며 이야기한다고 한다. 그럴 때의 그 표정이란 정말 소름이 끼칠 정도였다고 한다.

제 5 화
어느 프로그래머의 죽음

　　나는 솔루션 관련 프로그래머이다. 2년 전에 HD사에 잠깐 근무한 적이 있었는데, 이 이야기는 당시에 겪었던 일로, 평생 잊지 못할 사건으로 기억된다.

　　어느 날 갑자기 스카우트 회사로부터 전화가 왔다. 큰 기업에서 부장급 프로그래머를 찾는데, 가 보겠느냐는 것이다. 작은 회사의 일개 과장인 나에게는 감지덕지가 아닐 수 없었다. 나의 입사는 일주일 만에 일사천리로 진행되었다.

　　출근 첫날. 직원들이 반겨 주기는 했지만, 왠지 뭔가를 숨기는 듯한 인상을 지울 수가 없었다. 하지만 그때까지만 해도 젊은 나이에 부장 타이틀을 달고 입사했으니, 내 자신도 얼떨떨한 터에 다른 사람은 더

할 것이라는 생각에 그냥 넘겼다. 어쩌면 낙하산 인사에 대한 반감의 표시일 수도 있다고 생각했다.

그리고……, 출근하고 사흘째 되는 날, 사장의 부름을 받고 사장실로 들어갔다. 사장은 현재 SS사에 납품한 소프트웨어가 있는데, 그것에 문제가 생겨서 빨리 해결을 해야 한다고 했다. 전에 있던 프로그래머들이 퇴사를 해서 하루가 급하게 되었다는 말이었다. 그제서야 왜 내가 그렇게 갑작스럽게 입사를 하게 되었는지 알 것 같았다.

나는 일단 문제의 소프트웨어에 장착된 프로그램을 살펴보기 시작했다. 워낙 다급한 일이었기 때문에 나는 매일 늦게까지 야근을 하는 수밖에 없었다.

그리고 금요일이 되었다. 일주일을 너무 힘들게 일해서 그런지 낮부터 피곤이 밀려왔다. 하지만 오후로 들어서면서 드디어 문제 해결의 실마리가 보이기 시작했다. 조금만 더 하면 프로그램의 오류를 발견할 수 있을 것 같았다. 그나마 토요일과 일요일은 쉴 수 있을 거라는 생각에 더욱 일에 매달렸다.

저녁을 먹고 나서 보니, 야근을 하는 직원들이 상

당수 되었다. 30여 명의 직원들이 함께 사용하는 비교적 넓은 사무실이었지만, 그렇게 비어 보이지는 않았다. 8시 30분. 사무실의 절반 정도가 불이 꺼지고 절반 정도는 아직도 불이 켜 있는 것으로 보아, 아직도 꽤 야근들을 하고 있는 모양이다. 이젠 조금만 더 하면 답이 보인다.

9시 30분. 한두 군데 빼고는 불이 모두 꺼져 있다. 눈이 뻑뻑해서 잠시 밖에 나갔다 돌아와서 다시 책상 앞에 앉았다. 문득 시계를 확인해 보니 어느 새 11시였다. 다른 파트는 이제 모두 불이 꺼져 있다. 넓은 사무실에 덩그러니 나만 홀로 불을 밝히고 있는 셈이었다. 조금만 더.

드디어 마지막 라인을 수정했다. 이제 엔터키만 치면 일주일 내내 고생해서 찾아온 오류 경로의 정체가 밝혀진다. 회심의 미소를 지으며 Enter버튼을 누르기 전에 시계를 보았다. 12시를 넘어서고 있었다.

'아! 시간이 벌써 이렇게 되었나? 뭐 내일 토요일이니까 이 정도야.'

이런 생각을 하면서 막 엔터키를 치려는 순간!

"누르지 마!"

어디선가 그런 소리가 들려왔
다. 사무실을 둘러보았다. 모두
불이 꺼져 있고 어둑어둑하기는
했지만, 어디에도 사람이 없었다.
뒤통수에 살짝 소름이 돋았다.

'내가 너무 피곤해서 잘못 들었
나?'

이렇게 생각하며 키보드로 손
을 가져가는 순간!

"누르지 말라니까!"

어디선가 차가운 바람이 밀려
오며 날카로운 남자의 목소리
가 귓전을 울렸다. 순간 등골이
오싹해지며 나는 몸이 굳고 말
았다. 그리고 엔터키를 누르
면 끔찍한 일이 벌어질 것 같
은 공포에 휩싸이며 얼른 손

을 뒤로 뺐다. 그리고 한동안 아무 행동도 할 수 없었다. 이대로 돌아갈까? 어떡하지? 공포 속에서도 한참을 망설였다. 하지만 워낙 고생해서 한 일이라 그 결과를 보고 싶은 마음이 공포보다 더 앞섰다. 무슨 일이 벌어지더라도 누르자! 그렇게 생각하며 막 손을 움직이려는 순간!

사무실의 불이 확 켜졌다. 깜짝 놀라 몸을 움츠렸다.

"아니, 아직도 퇴근 안 하셨어요?"

건물 경비원이 사무실을 돌며 순찰 업무를 하고 있었던 것이다.

"예에……, 수, 수고하십니다. 이제 그, 금방 정리하고 가려던 참입니다."

나는 마치 죄라도 지은 사람처럼 어정쩡한 말투로 대답했다.

"예, 알겠습니다." 하며 경비원이 다시 불을 끄려고 하자, 나는 얼른 이렇게 말했다.

"그냥 두세요. 금방 나가면서 제가 끌게요."

알겠다는 눈인사를 보내며 나가는 경비원의 뒷모습이 사라지기 전에 나는 재빨리 엔터키를 눌렀다. 그랬더니 이게 어찌된 일인가? 화면은 영화 〈매트릭스〉의 오프닝 화면처럼 문자열이 뒤죽박죽되고 온갖 문자들이 화면 아래로 쏟아지더니, 한 남자의 얼굴이 화면에 나타난 것이다. 얼굴이 유난히 긴 그 남자는 머리 한쪽이 깨져서 피를 줄줄 흘리며 사나운 인상을 지으며 이렇게 말하는 것이었다.

"누르지 말라고 했지! 네가 그러고도 살 수 있을 것 같아!"

이 소리가 어디에서 나는지 처음에는 몰랐는데, 그 소리는 스피커에서 나고 있었다. 나는 믿을 수가 없었다. 컴퓨터의 경고음 소리를 듣기 싫어하는 나는 일을 하는 동안에는 컴퓨터의 스피커를 아예 연결하지 않거나 꺼 두기 때문에 스피커에서 소리가 날 리가 없다. 하지만 스피커에 불이 들어와 있고, 화면 속 남자가 하는 말이 그대로 들리고 있는 것이다. 남자의 말은 계속 이어졌다.

"너는 나를 속였어! 그리고 내가 한 일을 방해한 거야!"

머리가 깨져 피가 뚝뚝 흐르는 남자의 무서운 표정과 음침하게 흘러나오는 목소리에 벌써 정신이 날아갈 것 같은 느낌을 받은 나는 얼른 전원 코드를 빼버리고 부리나케 사무실을 뛰쳐나왔다. 그리고 정신을 차려 보니 집이었다. 안심이 되자 피로가 밀려오며 그냥 쓰러져 잠이 들고 말았다.

다음 날 토요일. 전화 소리가 요란하게 울렸다. 눈을 떠 보니 오전 11시를 넘기고 있었다.

"여보세요? 어이, 김 과장! 새로 옮긴 회사는 재미 좋아?"

전 회사 부장님이었다. 느닷없이 전화를 해서는 만나서 저녁이나 같이 먹자는 것이었다. 그리고 그 부장님이 들려주신 이야기를 듣고 나는 공포에 떨지 않을 수가 없었다.

원래 HD사에는 K, C, L이라는 세 명의 프로그래머가 있었는데, 공동 작업을 하면서도 기획, 설계, 관리 등 세 파트를 각각 맡고 있었다고 한다. 그러던 중

한 명이 죽게 된다.

SS라는 회사에서 이 회사의 소프트웨어를 구입했는데, 그 소프트웨어에 문제가 생겨 관리를 맡은 L이 지방으로 출장을 갔다. 하지만 혼자서는 도저히 해결이 되지 않자, K와 C가 뒤이어 L이 출장 가 있는 지방으로 급파되었다. 그리고 돌아오는 길에 교통사고를 당했는데, K와 C는 가벼운 상처만 입은 반면 L은 그만 죽고 만 것이다.

그런데 SS사에 납품한 소프트웨어가 계속 말썽을 일으키는 바람에 K와 C는 머리를 싸매고 문제 해결에 골머리를 앓고 있었다.

그런데 어느 날 밤, 기획 담당 K가 밤늦게까지 프
로그램과 씨름을 하다가 그만 죽고 말았다. 경찰 조
사 결과 사인은 과로로 인한 심장 쇼크사로 규명되었
다. 그리고 며칠 지나지 않아 C도 밤늦은 시각, 컴퓨
터 앞에서 죽음을 맞이한다. 입에 거품을 물고 공포
에 가득 찬 눈을 허옇게 뜬 채로. 사인은 K와 같은 과
로로 인한 심장 쇼크사로 판명되었다는 것이다.

  "당시 우리 업계에서는, 실력이 다소 모자랐던 K와 C가
자신들의 실수를 덮기 위해서 L을 교통사고로 위장해서
죽였을 거라는 소문이 있었지. 물론 어디까지나 소문이지
만 말야. 참! 그리고 그 L이란 친구 말야. 사실은 내가 정
말 아끼는 후배였거든. 얼굴이 유난히 길어서 말대가리라
는 별명으로 불리기도 했지. 참 좋은 친구였는데……."

  그 이야기를 듣는 순간 나는 온몸에 소름이 돋으면
서 더 이상 대화를 나눌 수가 없었다. ……그렇다면
K와 C가 죽은 것은 과로로 인한 심장 쇼크사가 아니
라, 공포로 인한 쇼크사가 아닐까? 그들도 나처럼 컴
퓨터 모니터를 통해 L을 보았다면 말이다.

  전에 다니던 회사의 부장을 만나 이야기를 들은 다
음 월요일에 나는 바로 회사에 사표를 내고 지금은

다른 곳에서 일을 하고 있지만, 그때의 일을 생각하면 지금도 가슴이 떨리고 손을 움직일 수가 없게 된다. 그리고 나 혼자만 하는 야근은 절대 하지 않는다.

제6화

읽지 않아도 되는 이야기

당신은 이 이야기를 읽을 것인가? 나는 이 이야기를 여기에서 하려고 결심하는 데에 고민을 많이 했다. 사실 이 이야기를 읽어서 별로 좋을 것이 없기 때문이다. 따라서 당신은 이 이야기를 읽지 않아도 된다. 당신이 이 이야기를 읽기 전에 이 말이라도 해 두지 않으면 내 마음이 편치 않을 것 같아서 미리 덧붙여 둔다.

이 이야기는 내 친구에게서 들은 것이다. 친구? 엄밀히 이야기하면 친구는 친구인데 그리 친하게 생각하지 않기 때문에 조금 애매하다. 그렇다. 아주 친하지 않은 친구 정도로 해 두자. 그 친하지 않은 친구를 나는 아주 오랫동안 만나지 않았었다. 10년도 전에 심하게 다툰 이후 나도 그렇고 그 친구도 그렇고 서로 멀리했기 때문이다.

그런데 약 한 달 전에 길을 가다가 우연히 그 친구와 딱 마주친 것이다. 순간 아는 척을 할까 말까 망설이고 있는데, 그 친구가 대뜸 아는 척을 하는 것이 아닌가. 그러고는 오랜만에 만났으니 커피라도 한 잔하자는 것이다. 조금 이상하다는 생각이 들지 않은 것은 아니지만, 사실 그리 바쁜 일이 있는 것도 아니었고 10년이나 지난 지금은 그때의 나쁜 감정도 거의 없어졌기 때문에 함께 커피를 마시기로 했다.

그녀는 옛날보다 살도 많이 빠지고 나이도 실제보다 많이 들어 보였다. 그리고 어딘지 얼굴도 어두워보였다. 옛날에는 참 예뻤는데, 세월이 많이 흘렀구나 하는 생각을 했다. 이런 저런 이야기를 하다가 문득 말이 끊겼다. 어색한 분위기를 바꾸려 했던 것인지, 아니면 그 이야기를 꺼낼 기회를 노렸던 것인지는 알 수 없지만, 그녀는 이렇게 말을 꺼냈다.

"너에게 들려주고 싶은 이야기가 있는데, 들어 줄래?"

"그래."

나는 안 들어줄 이유가 없었기 때문에 이야기를 들어 주겠다고 대답했다.

"고마워."

그녀는 상황에 어울리지 않게 고맙다는 인사까지 하며 이야기를 시작했다.

그녀는 요즘 이상한 꿈을 꾼다고 한다.

꿈이 시작되면 그녀는 어딘가에 서 있고, 사방은 끝없는 어둠이다. 아무것도 보이지 않는 그 어둠 속에 단 하나 보이는 것이 있다. 저 멀리 어떤 사람이 서 있다. 남자인지 여자인지는 알 수 없지만, 그 사람은 공을 튀기고 있다. 그리고 그 공이 땅에 닿아 튕겨 오를 때마다 그녀의 머리는 욱신욱신 하는 아픔을 느낀다. 한편, 그 사람은 걷고 있는 것은 아닌데, 조금씩 이쪽을 향해 오고 있다는 사실도 알 수 있다. 계속 공을 튀기면서…….

"여보세요!"

하고 불러 보지만, 대답은 하지 않고 계속 공을 튀기면서 이쪽을 향해 천천히 다가오는 그 사람. 하지만 가까이 다가올수록 왠지 좋지 않은 느낌을 주는 그 사람. 거리가 꽤나 가까워짐에 따라 확실하게 윤곽을 드러내는 그 사람.

갈색 피부에 양쪽 눈초리가 치켜 올라간 두 눈. 그 두 눈에서 흐르는 붉은 피. 떡갈나무 껍질로 된 하얀 옷.

그 실체를 확인한 순간, 무서워서 달아나려 하면 몸은 전혀 움직이지 않는다. 소리를 질러 보지만, 역시 목소리도 낼 수 없다. 할 수 있는 일이란 점점 가까이 다가오는 그 사람을 지켜보는 것뿐.

그리고 또 다른 사실을 알게 된다. 그 사람이 가까이 다가오면서 튀기고 있던 것. 공이라고 생각했던 그것. 그것은 공이 아니라 바로 자신의 머리였던 것이다. 끔찍하게 뭉개져 있는 자신의 머리. 그것을 확인하는 순간 그녀는 비명을 지른다.

그렇게 비명을 지르면서 꿈은 끝난다. 공포 때문에 잠에서 깨는 것이다. 온몸은 땀으로 범벅이 되어 있고, 머리는 무엇에 얻어맞은 듯 멍하다. 그리고 매일 밤 똑같은 꿈을 꾼다.

그리고 어느 날, 그녀는 보고 말았다. 언제나처럼

악몽에서 깨어나 물을 먹으려고 침대에서 일어난 순간. 어두운 방 한쪽 구석에서 자신을 노려보고 있는 꿈속의 그 사람을……. 현실인지 꿈의 연속인지 알 수 없는 그 상황. 순간 그녀는 정신을 잃고 쓰러진다. 깨어나 보면 아침이다. 그리고 또 그런 나날이 계속된다. 그녀는 심신이 피폐해져 갔고 지금도 그 고통에 시달리고 있다고 했다.

그 이야기를 들은 이후로 자주 연락하며 지내자던 그녀와는 완전히 연락이 끊겼다. 내 쪽에서 한번 만나보고 싶었지만, 연락은 되지 않았다.

나는 그 이야기를 들은 이후, 그녀가 꾸었던 꿈과 똑같은 꿈을 꾸게 되었다. 들을 때 너무 끔찍하다고 생각했기 때문일 것이다. 매일 밤은 아니지만 가끔 똑같은 꿈을 꾼다. 그런데 이상한 것은 그 꿈을 꾸는 주기가 점점 빨라지고 있다는 점이다. 처음에는 2, 3주 만에 한 번씩, 그러니까 잊을 만하면 그 꿈을 꾸곤 했다. 그런데 지금은 거의 일주일이면 한 번은 꼭 그 꿈을 꾸게 되었다. 물론 아직까지 잠에서 깨어났을 때, 꿈속의 그 사람이 나타나지는 않았다. 하지만 악몽을 꾼 후 잠자리에서 일어났을 때, 물을 마시러 가기가 두려워지고, 왠지 방 안을 둘러보기도 두려워진다. 그리고 그 꿈을 꾸는 주기가 더 잦아져서 매일 꾸게 되지 않을까 너무너무 걱정이 된다.

이제는 그녀가 그 이야기를 들려주면서 왜 고맙다고 했는지 알 것 같기도 하다.

그리고 나는 여러분에게 고맙다는 말을 해야 할 것 같다. 앞으로 당신들도 나와 같은……,

꿈을 꾸기 시작할 테니까!

제7화

반창고

　내가 태어나기 전에 우리 엄마, 아빠가 직접 겪은 이야기이다.

　당시에 우리 아빠는 다른 사람들보다 일찍 출근하는 직업을 가지고 있었다고 한다. 그래서 새벽 4시에 일어나서 출근 준비를 하시고, 엄마는 아침 식사 준비를 했다고 한다. 물론 다른 사람보다 일찍 퇴근을 하기 때문에 남들보다 일찍 출근하는 것에 대해 불만은 없었다고 한다. 그러던 어느 날 아빠는 출근 준비를 위해 새벽 4시에 일어나, 침대에서 일어나기 힘들어 하는 엄마를 보고, 아침 준비를 해 달라고 하며 깨우고는 화장실로 갔다고 한다. 하지만 엄마는 너무나 졸려서 금방 일어나지 않고 5분 정도 더 자다가 떠지지 않는 눈을 어렵게 뜨고는 아침 준비를 하려고 부엌으로 갔다고 한다. 막 찬장 문을 열려고 하는데, 현관 벨이 울렸다고 한다.

보통 새벽 4시에 현관 벨이 울리는 일은 거의 없기 때문에 예기치 않은 벨 소리에 깜짝 놀란 엄마는 현관으로 가서 조심스럽게 물었다고 한다.

"누구세요?"

그런데 밖에서는 아무 대답이 없었다고 한다. '이상하다. 분명히 벨 소리가 들렸는데…… 내가 잘못 들었나?' 생각하며 다시 부엌 쪽으로 돌아서는 순간 "띵동~ 띵동~" 하고 또 벨이 울렸다고 한다. 엄마는 다시 한 번 흠칫 놀라며 문을 향해 조그만 소리로 물었다고 한다.

"누……구세요?"

하지만 역시 대답이 없었다. 적막한 시간이 1초, 2초 흐르자, 엄마는 이상하게도 양팔에 소름이 돋는 것을 느꼈다고 한다. 느낌이 좋지 않아서 엄마는 문을 열지 않고 현관문 옆에 달린 창문을 통해 현관 밖을 내다보았다고 한다. 그랬더니 현관문 밖에는 웬 꼬마 아이가 슬픈 표정을 하고 서 있었다고 한다. 그 표정이 어찌나 서글퍼 보이는지 불쌍한 생각이 들어서 그 아이에게 물었다고 한다.

"너, 누구니?"

그러자 꼬마 아이는 이렇게 대답하더라는 것이다.

"우리 엄마가 다쳤어. 반창고 좀 빌려 줘."

엄마는 그제야 자신이 너무 민감했다는 생각을 하며 구급상자에서 반창고를 꺼내러 안방으로 들어갔다고 한다. 반창고를 손에 들고 현관으로 나오면서 가만히 생각해 보니, 아무리 생각해도 이 근처에서 보지 못하던 아이였다고 한다. 동네가 크지 않고 남들과 이야기하기를 좋아하는 엄마였기에, 그 동네에서 엄마가 모르는 사람은 거의 없을 정도였다고 한다. 문을 열고 반창고를 건네주려던 엄마는 현관문에 대고 이렇게 물었단다.

"너 어디 사니?"

그러자 꼬마 아이가 이번에는 이렇게 대답하더라는 것이다.

"우리 엄마, 피가 많이 났어. 반창고 좀 빌려 줘."

"어떻게 다치셨는데?"

"우리 엄마 피가 많이 나서 움직이지도 않아. 빨리 문 열어."

순간 엄마는 뭔가 이상한 생각이 들며 오싹한 느낌에 온몸에 소름이 끼치더란다.

"우리 집은 안 돼! 다른 집으로 가 봐!"

다급한 김에 그렇게 대답하자, 꼬마 아이는 갑자기 문을 세게 차면서 소리를 질렀다고 한다.

"빨리 문 열어! 에이 씨! 빨리 문 열어!"

무섭게 변한 그 아이의 행동에 너무나 당황한 엄마는 문에서 두세 발 뒤로 물러섰다. 그랬더니 문을 차는 소리며 꼬마의 문 열라는 소리가 뚝 그치더란다. 그래서 엄마는 갔나 보다 생각하고 창문으로 현관 쪽을 살짝 내다 봤다. 그러자 꼬마는 아직 가지 않고 창문으로 밖을 내다보는 엄마를 향해 괴기스런 표정으

로 '씨익!' 웃더라는 것
이다.

"꺄악!"

엄마는 너무 무서워서 비명을 지르고
창문에서 두세 걸음 떨어졌는데, 꼬마가 창문으
로 얼굴을 쑥 내밀며 엄마를 뚫어져라 쳐다보며,

"빨리 문 열어!"

하며 나직하면서 음침하게 말하더라는 것이다. 그
런데 그 창문은 그 꼬마의 키로는 그렇게 들여다볼
수 있는 높이가 아니었다고 한다. 거기에 생각이 미
친 엄마는 겁에 질려 뒷걸음질을 치다가 뒤로 벌렁
넘어졌다고 한다.

그리고 다음 순간 눈이 딱 떠졌다고 한다. 보니까
침대에 누워 계시더라는 것이다. 엄마는 '아이! 꿈이었
구나!' 하고 생각하는데, 아빠가 화장실에서 다 썻고
안방으로 들어오시며, "뭐야? 또 잤어?" 하시더란다.
엄마는 무안한 생각이 들어서 "내가 또 잠이 들었나?"
하고 얼버무렸다고 한다.

엄마는 떠지지 않는 눈을 어렵게 뜨고는 아침 준비
를 하려고 부엌으로 가서는 막 찬장 문을 열려고 하
는데……, 엄마 손에 반창고가 들려 있었다고 한다.

'어머! 이게 왜 내 손에 있지? …… 그렇다면 꿈이 아
니……' 하고 머릿속이 하얗게 되어버린 순간! 뒤에서
문 열리는 소리가 들리면서 아빠가 이렇게 말하더라
는 것이다.

"아까 현관 쪽에서 뭐 시끄러운 소리가 들리는 것 같던
데. 누가 왔었어?"

제 8 화

아직도 이해가 안 되는

내가 초등학교 5학년 때의 일이다.

내가 그 일을 겪기 전까지만 해도 우리 집 친척들은 거의 한 달에 한 번은 함께 모여서 삼겹살을 구워 먹기도 하고 놀이도 하면서 즐거운 한때를 보냈다. 그런데 언제부터인가 친척들은 멀리 이사를 가거나 형편이 안 좋아지는 등 함께 모일 수 있는 기회가 확 줄어들었다. 지금 생각해 보면 그때 그 일과 관련이 있는 건 아닌가 하는 생각이 들기도 한다.

아마도 우리 아빠의 생일이었던 것 같다. 친지들이 우리 집에 모여 맛있는 음식을 해 먹고 놀다가 밤 9시쯤 되어서 모두들 노래방에 가기로 했다. 당시 우리 집은 도시에서 좀 떨어진 곳에 있었기 때문에 노래방까지는 차를 타고 가기로 했다. 걸으면 15분 정도의 거리인데, 밤길인 데다가 아직 초등학교도 들어가지 않은 아이들이 있어서 차를 가져가기로 한 것이다.

노래방에서 신나게 놀다 보니 11시 정도가 되었다. 그런데 집에 가려고 나와 보니, 올 때는 세 대이던 차가 두 대밖에 없었다. 어른들 얘기로는 작은 삼촌이 누군가에게서 급하게 연락을 받고 차를 끌고 갔다는 것이다. 그래서 두 대에 끼고 끼어서 타 보았지만 한 명이 들어갈 자리가 도저히 나지 않았다. 그래서 동네 지리를 잘 아는 내가 걸어가겠다고 했다.

차 두 대가 사람들을 태우고 출발했다. 15분 정도의 거리라고는 하지만 밤도 늦은 시간인 데다가 다른 사람들은 다 차를 타고 가고 나 혼자만 걸어가야 한다고 생각하니, 조금은 억울한 마음도 들었다. 그리고 한편으로는 조금 무서운 생각도 들었다. 노래방을 출발해서 1분이나 2분쯤 걸었을까?

"오빠!"

하고 부르는 소리에 깜짝 놀랐다. 아무도 없다고 생각한 길에서 누군가 큰 소리로 그렇게 부르니 놀라지 않을 수가 없었다. 깜짝 놀라 소리가 들리는 뒤를 돌아보니, 작은아버지의 딸, 그러니까 사촌 동생이 나를 뒤쫓아 오면서 부른 것이었다.

"너 어떻게 된 거야? 아까 차 타고 가지 않았어?"

"어~, 나 오빠하고 같이 가고 싶어서 내려 달라고 했어."

"걸어가려면 힘들 텐데 뭐 하러 내렸어."

그렇게 말하면서 사촌 동생의 손을 잡고 걸었다. 그런데 이상하게 사촌 동생의 손이 차가웠다. 그때는 6월이었기 때문에 아무리 밤이라도 손이 차가워질 정도는 아니었는데, 당시만 해도 그렇게 깊게 생각할 나이가 아니었다. 내가 나이를 먹으면서 그때 일을 자꾸만 생각하다가 이상한 점들을 하나하나 생각해 낸 것이다.

한 5분 정도 걸었을까?

"오빠, 나 다리 아파. 업어 줘."

사촌 동생이 다리가 아프다며 업어 달라고 했다. 그래서 업고 걸었다. 그런데 얼마 가지 않아서 나는 무척 힘이 들었다. 이제 초등학교 1학년인데, 꽤나 무거웠던 것이다. 처음에는 그렇게 무겁게 느껴지지 않았는데, 웬일인지 걸으면서 점점 무거워지는 것이다. 처음에는 내가 힘이 빠져서 그런 줄 알았는데, 지금 생각해 보면 꼭 그런 것만은 아니었던 것 같다.

그리고 2, 3분쯤 걸었을까? 웬지 내 등에 업혀 있는 것이 어린 여자아이 같지 않다는 생각이 들기 시작했다. 마치 아주 나이가 많이 든 할머니 같다고나 할까? 그런 느낌이었다. 그렇게 느끼기 시작한 순간부터 나는 조금씩 불안해지기 시작했다. 가슴이 두근두근 거리는 것이 꼭 무슨 일이 일어날 것만 같은 느낌!

나는 걸음을 빨리 하기 시작했다. 빨리 집에 도착하기 위해서다.

"오빠, 왜 이렇게 빨리 가? 좀 천천히 가!"

사촌 동생은 마치 내 생각을 읽기라도 한 것처럼 등 뒤에서 그렇게 말했다.

"으응, 그······래."

나는 그렇게 대답하면서 동생의 목소리에서 조금 이상한 느낌을 받았다. 왠지 억지로 어린아이의 목소리를 흉내 내는 듯한······. 내가 그 목소리에 이상한 느낌을 받은 순간! 목이 죄어 왔다. 나는 동생이 업혀 있느라고 힘들어서 그런가 보다고 생각하면서 나의 목을 감고 있는 동생의 손을 보았다. 그 순간 나의 몸은 온통 소름이 쫙 끼쳤다.

그것은 어린아이의 손이 아니라 쭈글쭈글한 손이었기 때문이다.

'이······, 이건 뭐지?'

너무 갑작스럽게 당한 일이라서 정신을 못 차리고 있다가 어느새 공포감이 밀려 왔다. 다리가 후들거리기 시작했다. 하지만 나는 그 손을 못 본 체하고 마구 달리기 시작했다.

"오빠, 왜 그래? 왜 그렇게 빨리 달려? 힘 안 들어?"

이젠 확연히 달라진 목소리로 내 등에 업힌 그 무

엇이 그렇게 물었다. 나는 "괜찮아." 하고 대답을 하는 둥 마는 둥 있는 힘을 다해 집으로 달리기 시작했다. 바로 그때!

"어서 와!"

저 멀리서 나를 걱정하며 기다리던 삼촌이 어둠 속에서도 나를 알아보고는 큰 소리로 그렇게 소리쳤다. 꽤 거리는 있었지만 나는 안심이 되었다.

"나 내려 줘. 걸어갈래."

나를 부르는 소리가 들리자 동생은 등에서 내리겠다고 했다. 나는 얼른 동생을 내려놓았다. 그랬더니 동생은 나를 보지도 않고 집 쪽을 향해 뛰어갔다. 그런데 그 뛰어가는 속도가 얼마나 빠르던지……. 그리고 삼촌이 있는 데까지 가서도 나를 기다리지 않고 삼촌을 지나쳐 집으로 들어가는 것이었다.

집에 들어가니 모두들 과일을 먹고 있었다. 그리고 내 등에 없혀 온 사촌 동생은 작은어머니의 품에 안겨 있었다. 나는 과일이 입으로 들어가는지 코로 들어가는지도 모르게 과일을 먹었고, 그 동생을 보지

않으려고 애를 썼다. 그리고……, 과일을 다 먹어갈
즈음이었다.

"엄마 나 졸려."

작은어머니 품에 안겨 있던 사촌 동생이 그렇게 말
하는 것이었다. 그러자 작은어머니는 사촌 동생을 안
고 일어서서 방안에 있는 식구들에게 "전 애 좀 재울
게요." 하며 건넌방으로 가셨다. 작은어머니께서 막
방을 나가려고 할 때, 그때까지 그쪽을 보지 않으려
고 애쓰던 나는 흘끗 그 쪽을 보고 말았다. 바로 그때
나는 그만 사촌 여동생의 눈과 마주치고 말았다. 희
미하게 차가운 미소를 내게 던지던 그 눈빛과…….

그 사촌 동생의 정체는 무엇이었을까?

제 9 화

어떤 복수

　　나는 얼마 전에 사귀던 여자 친구와 헤어졌다. 헤어졌다기보다는 보기 좋게 차인 것이다. 마음이 울적해져서 며칠씩이나 시무룩하게 지내던 어느 날이었다. 친구 녀석 하나가 기분 전환을 시켜 준다며 술을 사 주겠다고 해서, 그날은 술을 취하도록 마시고 친구 녀석의 집에서 자게 되었다.

　잠자리에 들기 전에 친구 녀석이 이런 말을 하는 것이다.

　"넌, 차였으니 다행인 줄 알아. 네가 찼으면 끔찍한 일을 당했을지도 몰라!"

　무슨 뚱딴지 같은 말이냐는 표정을 짓는 나에게 친구가 들려준 이야기이다.

친구가 대학생 때 그 학교에는 사진 동아리가 있었다고 한다. 친구가 회장을 맡던 3학년 때 신입생으로 들어온 아주 예쁜 여자아이가 하나 있었다고 한다. 얼마나 예쁜지 사진 동아리 회원 중에서 남자라면 그아이를 좋아하지 않는 사람이 없었다고 한다.

어느 날, 한 남자 회원이 과감하게 프러포즈를 했다고 한다. 그랬더니 여자아이는 애인이 있다고 했다는 것이다. 그 이야기는 삽시간에 사진 동아리 안에 퍼지고 모두들 실망이 대단했다고 한다. 그래도 활동을 아주 열심히 하고 선배도 잘 챙겨 주는 그 여자아이를 모두들 좋아했다고 한다.

그런데 어느 날부터인가 그 여자아이가 남자 친구한테서 차였다는 소문이 돌기 시작하더니 며칠 지나지 않아 여자아이는 동아리에 나오지 않았다고 한다. 며칠 동안이나 동아리에 모습을 나타내지 않아 서운해 하고 있던 어느 날, 동아리 회장인 친구에게 그 여자아이로부터 연락이 와서 만나자고 하더라는 것이다.

친구가 약속 장소로 나가자, 여자아이가 먼저 나와 있었는데, 실연의 상처가 깊었던지 얼굴이 하얗게 질려 있더란다. 그래도 아는 체를 하면 마음이 더 아플까 봐 그런 내색을 하지 않았다고 한다. 여자아이는 친구를 보자마자 당장 내일 서울 근교에 있는 숲속으로 촬영을 나가자고 조르더라는 것이다. 내일 당장 떠나려면 연락도 해야 하고 회원들 참여도 낮을 텐데, 일요일에 떠나는 것이 어떠냐고 했더니, 근처에 자기네 별장이 있으니까 내일 오후에라도 출발해서 별장에서 자고 일요일 일찍부터 촬영하고 돌아오자는 것이었다. 게다가 맛있는 바비큐 파티도 준비해 놓겠다고 했다. 단, 회원들에게는 자기가 그 별장을 빌려 주는 사람이라는 이야기는 하지 말아 달라는 것이다.

친구는 숙박과 함께 바비큐 파티를 공짜로 제공한다는 것을 미끼로 회원들에게 연락을 돌렸고 거의 모든 회원이 참가하겠다고 회신을 보내왔다.

다음 날. 오후에 모인 회원들은 촬영 장소를 향해 출발했다. 그런데 토요일 오후라 차가 많이 밀리는 바람에 그 지방을 도는 마지막 버스를 타고서야 간신히 도착할 수 있었다고 한다. 큰길에서 내렸더니 시간은 이미 12시에 가까워지고 있었다고 한다. 여자아이는 버스 정거장 옆에 나 있는 오솔길을 가리키며

이 길을 따라서 15분 정도만 가면 별장이 있다며 앞
장을 섰다.

맨 앞에 여자아이, 그 뒤를 회장인 내 친구가 따라
가고, 다른 회원들이 그 뒤를 따랐다고 한다. 그런데
오솔길로 접어든 지 2, 3분도 되지 않아서 친구는 왠
지 음습한 기운을 느꼈다고 한다. 여름인데도 찬바
람이 휘~이 불며 작은 숲속의 나뭇잎을 흔들고 지나
갔다. 몸이 오싹해지는 것을 느끼면서 친구는 뒤를
돌아다보았다. 뒤따라오던 다른 회원들의 표정이 온
통 굳어져 있더란다. 다들 긴장하고 있다고 생각한
친구는 뒤따라오는 회원들에게 미소를 지어 보였다
고 한다.

얼마나 걸어갔을까? 이젠 거의 다 왔겠다고 생각
하고 있는데, 앞서가던 여자아이가 갑자기 뒤돌아서
며 이렇게 말하더라는 것이다.

"거의 다 왔어요. 바로 저기 모퉁이만 돌면 있어요. 얼
른 오세요!"

그러고는 매우 익숙한 길을 가듯이 빠른 걸음으로
저만치 앞서 가더라는 것이다. 친구와 회원 일행은

무척 어두웠기 때문에 여자아이가 말하는 모퉁이가 보이지는 않았지만, 그런가 보다 생각하며 뒤따라갔다고 한다. 그리고 얼마 뒤 저만치 앞서가던 여자아이가 왼쪽으로 방향을 트는가 싶더니 그 모습이 사라져 버렸다고 한다. 친구는 여자아이가 모퉁이를 돌았다고 생각하고는 걸음을 빨리해서 뒤를 쫓아갔다고 한다.

10여 미터를 가자 정말 길이 왼쪽으로 나 있었고, 왼쪽으로 돌아서 계속 앞으로 나아갔다. 그런데 왼쪽으로 돌면 바로 있다던 별장은 2, 30미터를 더 갔는데도 불빛 하나 보이지 않았고 여자아이 또한 그 모습이 온데간데없었다고 한다. 친구와 회원 일행은 걸음을 멈추고 여자아이의 이름을 불러보았다고 한다. 그런데 이상한 것은 아무리 불러도 대답이 없더라는 것이다. 그러고는 갑자기 싸늘한 느낌이 들며 한 줄기 바람이 휘~잉 불어가더란다. 친구와 회원들은 한참을 그 자리에 서서 여자아이를 불러 보다가, 일이 잘못되었다고 결론을 내리고는 오던 길을 되짚어 숲을 빠져나가기로 결정했다고 한다. 친구가 앞장을 서고 회원들이 다시 뒤를 따르며 오던 길을 되짚어가는데, 조금 전에 왼쪽으로 방향을 틀었던 바로 그 지점에서 오른쪽으로 방향을 튼 순간!

친구의 어깨에 뭔가가 턱!
걸리더라는 것이다. 순간 친
구는 뒤따라오던 다른 회원
이 어깨를 붙잡았다고 생각
했다고 한다. 그래서 뒤를
돌아보려고 한 순간 위에서
뭔가가 뚝! 하고 이마 위로
떨어졌다고 한다.

'응? 비가 오나?'

하고 위쪽으로 플래시
를 비추며 올려다보는데,
거기에는 나무에 목을 매
단 그 후배 여자아이가 고
개를 숙이고 아래를 노려
보고 있더라는 것이다. 친구의 이마에 떨어진 것은
그 시체에서 떨어지는 핏방울이었던 것이다.

그 모습을 확인한 친구와 뒤따라오던 회원들은 일
시에 비명을 지르며 큰길 쪽을 향해 무작정 뛰었다
고 한다. 누가 어떻게 어떤 방향으로 가는지도 모르
고, 모두들 자신의 감각만 믿고 한참 동안 들어왔던

숲속을 헤치며 뛰었다고 한다. 친구가 어렵사리 큰길로 나왔고 다른 회원들도 한 명 두 명 큰길로 나왔다고 한다. 그런데 남자 회원 한 명이 아무리 기다려도 나오지 않았다고 한다. 일이 크게 잘못되었다고 생각한 친구는 119에 전화를 했고, 한적한 시골길은 어느새 경찰차와 인근 부대의 군인들로 북적이기 시작했으며, 날이 새도록 수색이 진행되었다.

끝내 나타나지 않았던 남자 회원은 발을 헛디뎌 절벽 아래로 떨어져서 죽은 채로 발견되었다고 한다. 회장을 맡고 있던 친구는 대표로 경찰서에 가서 조사를 받았고 다른 회원들은 모두 집으로 돌아갔다고 한다. 경찰 조사를 마친 친구는 잠이 밀려와 경찰 숙직실에서 눈을 붙였다고 한다. 한참을 자고 일어났는데, 담당 경찰관이 친구를 부르며 이런 이야기를 했다고 한다.

"그 목을 매단 여학생 말예요. 정말 함께 간 것 맞나요?"

"물론이죠. 다른 회원들도 다 같이 있었으니까 물어 보세요."

"이상하네? 부검 결과로는 사흘 전에 이미 죽은 걸로 나왔는데…….."

"뭐라고요?"

경찰관도 이상하다는 표정을 지으며 친구를 보내 주었고, 끔찍한 하룻밤을 보낸 친구는 집으로 돌아와 지친 심신을 추스렸다고 한다. 그리고 며칠 뒤, 다른 회원들과 함께 그날 밤 절벽 아래로 떨어져 죽은 회원의 집에 위로 차 방문을 갔다고 한다. 그리고 내 친구는 그 회원의 방에서 사진 하나를 보았다고 한다.

죽은 남자 회원과 목을 매단 여자아이가 다정하게 찍은 사진을…….

친구는 그런 이야기를 들려주며, 나에게 이렇게 말했다.

"아마도 그 여자 후배에게 생겼다던 남자 친구는 그 남자 회원이었던 것 같아. 그리고 자기를 차 버리자, 목을 매달아 자살을 하고는 우리 사진 동아리 회원들을 이용해 복수를 한 거지. 어때? 차는 것보다 차이는 게 더 낫지 않냐? 마음은 편하잖아."

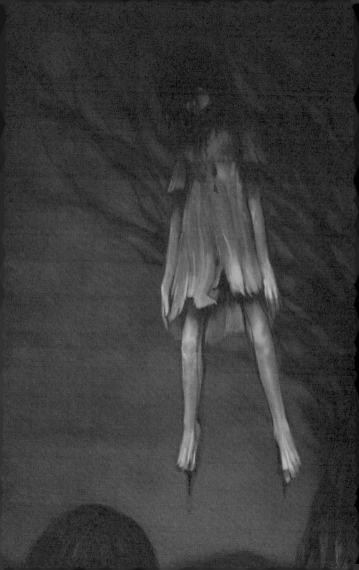

제19화

철도 건널목

우리 동네에 철도 건널목이 하나 있다.

이 철도 건널목은 다른 곳과 특이한 점이 몇 가지 있다. 그 중에서도 유독 동네 사람들에게는 잘 알려지지 않은 사실이 하나 있었는데, 그것은 우리 동네의 건널목이 우리나라 전체에 있는 건널목 중에서 가장 사고가 많은 곳이라는 것이다.

가장 사고가 많다는 것은 건널목 사고로 인한 사망자 수도 전국에서 가장 많다는 것을 뜻한다. 내 친구 중에 신기가 조금 있다는 애가 하나 있는데, 한 번은 우리 집에 놀러 왔다가 이 건널목을 건너더니 내게 이런 말을 했었다.

"이 건널목 왠지 으스스한 느낌이 든다, 얘. 너 웬만하면 이 건널목은 이용하지 않는 게 좋겠어."

그 소리를 들은 이후로 나는 이 건널목을 이용하지 않는다. 알고 봤더니 동네 사람들도 웬만하면 그 철도 건널목을 이용하지 않는다는 것이다. 어떤 사람은 기차가 지나가기 직전에는 건너편에 서 있던 사람이 기차가 다 지나가자 어디론가 사라지고 없어졌다고 했다. 또 어떤 사람은 기차가 지나기를 기다리는데, 갑자기 어떤 여자가 달려오는 기차에 뛰어들어 깜짝 놀랐지만, 어디에도 그 여자가 기차에 치인 흔적이 없었다고도 했다. 달리는 기차 위에서 어린 꼬마 아이가 이상한 표정을 지으며 기차가 지나가기를 기다리던 자신을 노려보았다는 사람 등 하나 하나 이야기를 모아보니 정말 두 번 다시 이용하고 싶지 않은 건널목이었다.

하지만 급할 때는 버스 정류장 가는 거리가 가까워지기 때문에 이 철도 건널목을 이용하지 않을 수가 없다.

2년 전쯤이다. 그때는 내가 실연을 당해서 밥도 제대로 먹지 않고 잠도 충분히 못 자서 몸과 마음이 모두 약해져 있었다. 모든 일에 의욕도 없고 거의 매일 멍하니 집에 틀어박혀 있는 것이 일상이 되어 있을 때였다. 금요일 오후 8시가 조금 지나서 집으로 전화가 왔다.

"나야! 너 위로해 주려고 너 좋아하는 케이크하고 와인 사 왔어, 얘! 여기 너희 동네 버스 정류장인데, 어두워서 집을 못 찾겠어."

나는 반가운 마음에 친구를 데리러 버스 정류장으로 향했다. 그런데 철도 건널목을 피해서 가자니 시간이 많이 걸리고 그러면 친구가 많이 기다릴 것 같아서, 할 수 없이 철도 건널목을 이용하기로 했다.

내가 건널목을 들어서서 레일 밖으로 막 빠져나가려는 순간!

누군가가 나의 어깨를 꽉 잡는 것이었다. 나는 깜짝 놀라며 뒤를 돌아보았다. 그런데 내 뒤에는 아무도 없었다. 하지만 여전히 나의 어깨는 어떤 힘에 의해 제압당하고 있었다. 나는 순간적으로 내가 아주 위험한 상황에 빠졌다는 사실을 알아차렸다. 그리고 그와 동시에 한 줄기 싸~한

냉기가 나의 등줄기를 따라 온몸으로 퍼지는 것을 느꼈다.

평소 그 건널목에 안 좋은 감정을 가지고 있던 나는 직감적으로 귀신이 나를 붙잡은 것일지도 모른다는 생각을 했던 것이다.

나는 필사적으로 몸부림을 쳤다. 이 건널목에서 빠져나가야 해. 그러지 않으면 달려오는 기차에 치여 죽게 되고 말 거야. 주위에는 사람 그림자조차 보이지 않았다. 나는 소리를 질러대기 시작했다. 하지만……, 하지만 목소리가 나오지 않았다. 나의 어깨를 잡은 힘은 여전히 강하게 나를 붙잡고 놓아주질 않았다. 그리고는 내 귀에 싸늘한 입김을 불어넣으며, 이런 소리가 들려왔다.

"넌, 죽어야 해! 그렇게 사느니 여기서 죽는 게 낫지 않겠어? 여기서 죽어! 죽어 버리라고!"

나직하면서 은근한 목소리. 정말 그때의 내 마음 같아서는 당장이라도 죽고 싶었다. 하지만 달려오는 기차에 치여 비참하게 죽고 싶지는 않았다. 나는 철로 위에서 빠져나오려고 몸부림도 쳐 보고, 목소리는

나오지 않지만 소리도 지르고 있는데, 멀리서 기차의 불빛이 다가오는 것이 보였다.

기차가 점점 가까워오자, '땡! 땡! 땡! 땡!' 하며 차단기가 내려가기 시작했다.

"안 돼! 안 돼!"

나는 필사적으로 소리를 질렀다. 하지만 목소리는 여전히 나오지 않았다. 그리고……, 기차가 가까이 다가왔다. 바로 그때!

"은영아! 위험해!"

찢어지는 듯한 목소리로 나를 부르는 소리가 들렸다. 소리 나는 쪽을 바라보니, 버스 정류장에서 기다린다던 친구가 거기까지 와서 나의 모습을 보고는 소리를 지른 것이다. 그 순간! 내 어깨를 꽉 잡고 있던 힘이 스르르 사라졌다.

나는 있는 힘을 다해 철로 밖으로 달려 나갔고, '빠앙!' 긴 경고음을 울리며 기차가 나의 몸을 빨아들일 듯한 속도로 등 뒤를 스쳐지나갔다. 나는 힘없이 그 자리에서 쓰러졌고, 친구는 달려와서 나를 부축해 주었다.

그리고……, 기차가 다 지나간 그 철로 위에 두 남자와 어린 여자아이 하나가 나란히 서서 나를 바라보며 입가에 쓴 웃음을 짓고 있었다. 그들의 몸은 뼈 마디마디가 다 떨어져 나간 것처럼 흐물흐물했다. 잠깐 동안 그런 모습을 보인 그들은 엷어지며 사라졌다.

말로만 듣던 귀신의 존재를 직접 내 눈으로 확인한 순간이었다. 아마도 당시에 실연을 당해서 죽고 싶다는 생각을 많이 했고, 몸과 마음이 약해져 있어서 그런 일을 당한 것이 아닌가 생각된다.

그 일을 계기로 나는 삶의 의욕을 되찾았고, 이사도 했다. 그리고 지금은 몸도 튼튼히 하고 마음도 항상 밝게 하려고 노력한다.

당신이 만약 이사를 했는데, 그 동네에 철도 건널목이 있다면, 한번쯤 의심해 보는 것이 좋지 않을까?

제11화

공포의 이메일

이 이야기는 4년 전 내 친구 영은이가 고등학교 2학년 때 겪은 일이다.

영은이는 매일 밤 자기 전에 아래아 한글 파일로 일기를 쓰는 습관이 있었다. 그리고 일기를 다 쓰면 꼭 하루 동안 배달된 이메일을 열어보고 답장을 해야 할 곳에는 답장을 하고 나서 잠을 자는 습관도 있었다.

천둥과 함께 억수 같은 비가 내린 밤이었다고 한다. 일기를 쓰고 메일을 모두 확인하고 마지막으로 스팸메일을 지우려고 하는데, 메일 중 하나에서 '이 메일은 스팸메일이 아닙니다.'라는 메시지가 팝업창으로 뜨더라는 것이다. 하지만 영은이는 불확실한 메일로 단정하고는 삭제 버튼을 눌렀다. 그랬더니 이번에는 '삭제할 수 없습니다.'라는 팝업창이 떴다. 약간 짜증이 난 영은이는 그냥 컴퓨터를 끄고 자려고 하다가, 그날따라 시간도 이르고 해서 한번 확인이라도 해 보자는 생각에 메일을 열어 보았다.

영은이에게
영은아 안녕! 그동안 잘 지냈니?
내가 누군지 알아맞혀 봐!
난 영은이가 너무너무 보고 싶은데,
영은이는 날 벌써 잊은 모양이구나.

여기까지 읽은 영은이는 상대가 누굴까 궁금해졌다. 그래서 화면을 응시하며 다음을 읽기 시작했다. 바로 그 순간! 컴퓨터 화면 가득 웬 이미지가 나타났고 스피커에서는 찢어지는 듯한 여자의 비명 소리가 울렸다. 화면에는 하얀 소복을 입고 피가 뚝뚝 떨어지는 손으로 영은이의 어깨를 잡고 위로 끌어올리려는 귀신의 모습과 온몸이 피로 얼룩져 끌려가지 않으려고 발버둥치는 영은이 자신의 모습이 플래시로 만들어져, 같은 동작이 반복되고 있었다. 한 번 반복될 때마다 그 처절한 여자의 비명 소리도 계속해서 반복적으로 스피커를 통해 울렸다.

엉겁결에 당한 일이라 너무나 놀란 영은이는 잠시 후 급히 인터넷 창 닫기 버튼을 눌렀다. 하지만 그 인터넷 창은 닫히지도 않고 계속해서 같은 이미지를 재생하고 있었다. 참다못한 영은이가 컴퓨터를 강제 종료시키려고 손을 파워 버튼 쪽으로 가져가려고 하는데, 화면이 다시 원래의 이메일 화면으로 바뀌었다.

깜짝 놀랐지? 미안해…^^*~
하지만 나도 어쩔 수 없었어.
누가 나한테 이런 메일을 보냈는데,
글쎄 이 이메일을 자기가 아는 사람 두 명에게
보내지 않으면 무서운 일을 당하게 될 거라고 하잖니.
그래서 어쩔 수 없이 너에게 보낸 거야.
나를 이해해 줘.

영은이는 방금 전까지의 놀란 충격에서 아직 벗어나지는 못했지만, 그만 웃음이 나오고 말았다.

'아니, 아직도 이런 유치한 장난을 하는 애들이 있나? 이게 언제 적 놀이인데…….'

이렇게 생각하면서 영은이는 컴퓨터를 끄고 잠이 들었다.

다음 날. 아무 일 없이 하루 일과를 마친 영은이는 일기를 쓰기 위해 컴퓨터를 켰다. 그런데 일기를 쓰려고 일기장 폴더를 열었는데, 일기장 파일이 하나도 없는 것이었다. 그리고 자기가 만든 적도 없는 텍스트(메모장) 파일만이 하나 덩그러니 있었다. 영은이는 조심스럽게 텍스트 파일을 열어 보았다.

당신은 받은 이메일을 다른 사람에게 전하지 않았습니다. 따라서 그 벌로, 당신이 가장 소중하게 여기는 파일을 영구 삭제했습니다. 계속해서 규정을 어길 시에는 또 다른 안 좋은 일이 당신에게 일어날 것입니다.

하지만 영은이는 믿을 수가 없었다. 이게 가능한 이야기인가? 지금이 어느 시대인데, 귀신이 있단 말인가? 그것도 컴퓨터를 사용할 줄 안다는 귀신은 들어보지도 못했는데, 이게 어찌된 일인가? 그런 생각을 하면서 혹시 어디 다른 폴더에 들어 있지나 않은지 컴퓨터 안을 샅샅이 뒤졌다. 하지만 결국 영은이는 자신의 일기장을 찾지 못했다. 정말 황당하기도 하고 화도 났지만, 내일도 학교에 가야 하고 공부도 해야 해서, 우선은 잠을 자기로 했다.

얼마나 잤을까? 잠결에 무슨 소리가 나서 눈을 떴

다. 자명종 시계는 새벽 4시를 가리
키고 있었다. 영은이가 시간을 확
인한 바로 그 순간!

"영은아~!" 하고 부르는 소리가
들렸다.

순간 온몸에 소름이 쫙 끼친 영은
이는 몸을 일으키려고 했다. 그런데
어찌된 일인지 몸이 움직이지를 않는
것이었다. 흔히들 말하는 가위에 눌린
것처럼 정신도 말짱하고 눈도 떠 있어서
사물도 보이는데, 몸은 움직이지 않더라는
것이다! 바로 그때!

"영은아~!"

또다시 목이 쉬어 카랑카
랑하면서 잔뜩 톤을 낮춘 무
서운 목소리가 들렸다. 영은
이는 공포감에 휩싸인 채 소
리가 어디에서 들려오는지 알
수가 없어서 눈동자를 굴려 방

안을 둘러보기 시작했다. 하지만 그 소리가 어디에서 나는지 전혀 알 수가 없었고, 방 안에는 다른 누가 있는 것처럼 보이지도 않았다. 그렇게 잔뜩 겁에 질려 방 안을 훑어보고 있을 때 갑자기 목 뒤에서 손이 올라와 누워 있는 영은이의 목을 조르기 시작했다.

끈적끈적하고 차가운 그 손! 그리고 이어서 사람의 머리카락 같은 것이 영은이의 얼굴에 닿았다. 간지러우면서도 섬뜩한 그 머리카락의 감촉을 느낀 순간, 영은이는 눈을 꼭 감고 비명을 지르려 했다. 그런데 감으려고 한 눈은 감기지 않고 목소리도 나오지 않았다. 그리고 감기지 않은 영은이의 눈에는 이메일에서 자기의 어깨를 틀어쥐고 위로 끌고 가려고 했던 그 귀신의 얼굴이 선명하게 보였다. 그 순간! 영은이는 온몸의 힘을 다 짜내어 비명을 질렀다.

하지만 소리는 목 밖으로 나오지 않았고 귀신은 영은이의 목을 계속 조르고 있었다. 더 이상 호흡을 하지 못하고 이렇게 죽는구나 싶을 때쯤 귀신은 목을 놓아주었다. 그리고 목이 놓이자 비명 소리가 입 밖으로 나왔고, 아빠와 엄마가 부리나케 영은이의 방으로 들어와서는 몸을 일으켰다. 영은이는 공포에 떨며 아빠와 엄마 방에서 아침이 되기를 기다렸다. 그리고 또다시 그날 밤. 아주 늦은 시각에 영은이는 친구 두 명에게 이메일을 보냈다. 그러고는 다음 날 일찍 일어나자마자, 이메일을 보낸 친구 둘에게 전화를 해서, 그 이메일을 절대 열어 보지 말라고 신신당부를 했다. 그렇게 하면 영은이 자신은 이메일을 보낸 것이 되고 그 친구들은 메일을 열어 보지 않았기에 피해를 받지 않게 될 것이기 때문이었다. 그리고 그날 밤. 영은이는 혹시나 하는 생각에 아빠, 엄마의 방에서 잠을 잤다.

아빠와 엄마의 방에서 자기를 며칠이나 반복했을까? 더 이상 그 끔찍한 악몽을 꾸지 않게 되자, 영은이는 자기 방에서 잠을 자기 시작했다. 그러고도 며칠 동안 아무 일이 없었다.

'이렇게 간단하게 해결될 일을 괜히 어렵게 만들었어. 내 일기장만 날렸잖아.'

그렇게 생각하면서 침대에 누워 막 잠이 들려는 순간! 한여름인데도 갑자기 한기가 느껴지더니 어떤 이상한 기운이 방 안을 가득 채웠다. 순간 무서움을 느낀 영은이는 얼른 몸을 일으켜 아빠, 엄마의 방으로 가려고 했는데, 또다시 몸이 움직이지 않는 것이었다. 어쩔 줄을 모르고 공포에 벌벌 떨고 있는 영은이. 갑자기 영은이의 얼굴 앞에 이메일의 그 귀신이 불쑥 나타났다. '꺄악!' 소리를 질러 보지만 목소리는 나오지 않고 발버둥을 쳐 보지만 몸도 움직이지 않았다. 그리고 그 귀신은 영은이의 바로 코앞에 얼굴을 들이밀고 까칠까칠한 목소리로 이렇게 중얼거리는 것이었다.

"넌 반칙을 범했기 때문에 데려 가겠어!"

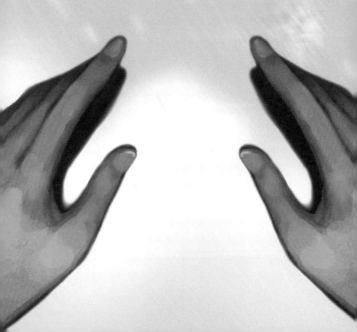

그러더니 영은이의 양쪽 어깨를 날카로운 손톱이 달린 손으로 움켜쥐더니 위로 끌고가려고 하는 것이었다. 영은이는 필사적으로 발버둥쳤다.

"안 돼! 안 돼! 안 돼!"

어느 순간 목소리가 입 밖으로 튀어나오더니 팔다리가 움직이기 시작했다. 영은이는 침대를 부여잡고 끌려가지 않으려고 온 힘을 주었다. 귀신은 급기야 영은이의 목을 팔로 죄면서 위로 끌고 올라가려 했다. 영은이는 숨이 막혀왔다. 하지만 침대를 잡은 손에 더욱 힘을 주며 발버둥쳤다. 그렇게 한참 동안 실랑이를 하고 있는데, 갑자기 방문이 열리면서 아빠와 엄마가 들어오셨다. 순간! 영은이를 얽어매던 그 귀신은 온데간데없이 사라지고 말았다.

그날 이후 영은이는 아빠와 엄마 방에서 잤고, 몇 개월이 지난 후 차차 그 악몽 같은 상황에서 벗어났다. 그리고 지금은 그때의 일이 현실인지 꿈인지 확실하게 구분이 가지 않을 정도가 되었다.

영은이의 집은 당시 다른 집들과 조금 떨어진 곳에 있었고, 가족이 모두 잠든 깊은 밤에 혼자 잠들지 않고 있었기 때문에, 그런 영은이를 귀신이 노린 건 아닌지 모르겠다. 지금의 영은이는 가족과 함께 일어나고 잠들며, 깊은 밤에 혼자 이메일을 정리하는 일을 하지 않는다. 물론 일기만은 매일매일 꼭 쓴다고 한다. 컴퓨터가 아닌 공책에다 말이다.

제12화

펜션에서 생긴 일

지난 여름 내 친구는 피서를 다녀왔다. 그때 있었던 일이라는데, 듣기만 해도 기분이 오싹해진다.

내 친구는 직장을 다니는데, 지난 여름 그녀와 그녀의 남자 친구, 그리고 그 남자 친구의 친구와 그의 여자 친구 이렇게 넷이 함께 휴가를 보내기로 했다. 간단하게 말해서 두 쌍의 연인이 함께 여름휴가를 다녀오기로 한 것이다.

네 명이 휴가 날짜를 맞추다 보니, 출발일이 일주일도 남지 않게 되었다. 그러다보니 콘도나 펜션을 구하지 못하는 상황이 발생했다. 하필이면 내 친구가 숙박 예약을 맡기로 했는데, 걱정이 이만저만이 아니었다고 한다. 그래서 늦은 밤, 잠도 못 자고 컴퓨터를 붙들고 펜션 검색에 골몰하고 있었는데, 깜빡 잠이 들었다. 컴퓨터를 켜 놓고 책상에 엎드려 얼마나 잤을까? 팔이 저려서 눈을 떴는데, 컴퓨터 화면에 다음과 같은 문구가 깜빡거리고 있었다.

'펜션 예약을 진행하시겠습니까?'

'어? 내가 잠들기 전에 뭘 찾았었나? 이상하네.' 이렇게 생각하면서 무심코 '확인' 버튼을 누르자, 아무리 찾아도 없던 펜션이 예약되었다. 기쁘기는 했지만 너무나 졸려 침대로 기어가 잠이 들었다.

드디어 출발 하루 전. 모두들 모여서 여행 준비를 하고, 마지막으로 펜션에 확인 전화를 걸었다. 한참만에 펜션 사람이 전화를 받았다.

"안녕하세요. 제가 그저께 인터넷으로 방 두 개를 예약했는데요, 확인되나요?"

친구가 그렇게 물었다.

"걱정 말고 오기나 혀!"

그러자 목이 쉬어서 쇳소리가 나는 할머니가 대뜸

그렇게 대답하더라는 것이다. 친구는 그 목소리를 듣는 순간 왠지 기분이 찜찜했다고 한다. 하지만 어렵게 잡은 펜션이라 일부러 밝은 목소리로 다시 물었다.

"그래도 확인이 돼야 가죠, 할머니."

"내일 올 거지? 내일 예약한 사람은 당신네밖에 없으니까 걱정 말고 오기나 하라니까!"

이번에는 약간 부드러워진 할머니의 목소리가 들려왔다.

"네……. 그럼 내일 뵐게요."

그렇게 전화를 끊었다. 그리고 다음 날 차 한 대에 네 명이 타고 출발! 네 시간 만에 고속도로 톨게이트를 빠져나가 산길로 접어들었다. 오후 늦게 출발했고 톨게이트를 빠져나오고 나서 중간에 저녁 식사를 하는 바람에 시간은 꽤나 늦어 있었다. 산길은 점점 좁아지더니 아예 가로등이 없어졌다. 이정표대로 따라왔으니까 길은 틀림없는 것 같았다. 하지만 펜션까지는 꽤나 거리가 있는지 도착이 많이 늦어졌다.

모두들 지쳐서 잠이 들락 말락 하고 있는데, 운전하던 친구가 길이 끊겼다며 모두 일어나 보라고 해서 눈을 떴다. 정말 길은 막혀 있었다. 시계를 보니 시간은 벌써 밤 10시 50분이었다.

"야! 너 길 잘못 든 거 아냐?"

워낙 밤길이다 보니, 길을 잘못 들 수도 있었을 것이라고 생각한 일행은 오던 길을 되짚어 톨게이트 쪽으로 갔다. 이미 시간을 많이 허비한 일행은 펜션에 전화를 걸어 길을 잘못 들어서 다시 찾아가는 바람에 늦었다며 사과를 했다.

"걱정 말고 오기나 혀!"

별로 미안해 할 것도 없다는 투로 전화를 받아 주는 할머니의 말에 안심하고 다시 약도에 있는 대로 길을 더듬어 갔다. 한참을 달리던 친구의 남자 친구는 이상하다는 듯이 고개를 갸웃거렸다.

"이상하다? 아까 분명 이 길로 왔었는데, 길이 없었단 말이야. 그런데 길이 생겼어."

"야! 귀신 씻나락 까먹는 소리 그만해! 괜히 미안하니까 딴소리 하긴……."

뒤에 있는 친구가 그렇게 핀잔을 주고는 운전이나 잘하라며 구박을 주었다. 하지만 시간은 벌써 12시가 가까워지고 있었다. 그런데 바로 그때!

"어머! 저기 봐! 너무 멋있다!"

뒷좌석에 앉은 여자 친구가 그렇게 탄성을 질렀다. 친구가 가리키는 쪽을 보니 정말 동화에나 나올 법한 빛으로 장식한 펜션이 화려하게 모습을 드러냈다. 정말 이런 산골에 저렇게 화려한 펜션이 있을까 싶을 정도로 예쁜 펜션이었다. 펜션에 도착하니 차 소리를 듣고 나와 계셨는지, 허리가 구부러진 할머니 한 분이 웃는 얼굴로 반겨 주셨다.

"어서들 와! 오느라고 고생 많았지? 방은 두 개밖에 없으니께 알아서 짐들 풀고 마당으로 나와. 할미가 맛있는 거 많이 차려 놓을 탱께."

그렇게 말하고는 종종 걸음으로

펜션 옆에 딸린 작은 별채로 들어가 버리셨다. 마당에는 잔디가 예쁘게 깔려 있고 좀 큼지막한 식탁도 마련되어 있었다. 하지만 음식이 차려져 있지는 않았다.

"음식을 지금부터 만들겠다는 뜻은 아니겠지?"

대충 짐을 방에다 던져 놓고, 다시 마당으로 나오니, 이게 웬일인가? 정말 맛있어 보이는 식사가 마련되어 있었다. 대개는 시골에서나 먹는 것들로 이루어졌는데, 정말 푸짐하게 차려져 있었다. 모두들 허기져 있어서 정말 맛있게 먹었다. 할머니는 옆에서 먹는 모습만 봐도 배가 부르다는 표정으로 미소를 지으며 바라보고 있었다.

다음 날 아침. 식사를 간단히 끝내고 예정했던 바다로 가기 위해 간단한 짐을 챙겨 들고 차 있는 곳으로 갔다. 그랬더니 할머니가 거기에 계셨다.

"어디 가게?"

"예, 바다에 가서 놀려고요."

"바다? 바로 요 아래 바다보다 좋은 계곡이 있는데, 무슨 바다야? 저기 아래 한 번 가 봐. 얼마나 좋은데!"

"에이, 그래도 바다가 낫죠? 다녀올게요."

그러자 할머니는 한사코 바다 가는 것을 말리는 것이었다.

"5분이면 다녀올 수 있으니까, 한번 보기나 해 봐."

마치 화라도 낼 것처럼 험악한 표정을 지으며 완강하게 버티는 할머니 때문에 우리는 한번 보기나 하자는 생각에 5분을 기꺼이 투자하기로 했다.

"어머! 너무 멋지다!"

앞서 가던 여자 친구가 탄성을 질렀다. 정말 거기에는 믿기지 않을 정도로 맑은 계곡과 네 명이 놀기에 충분한 모래사장, 그리고 비치파라솔까지 준비되어 있었다. 그곳에 도착해 보니 위가 뻥 뚫려 있어서 하늘이 시원하게 열려 있고 햇볕도 잘 들어왔다. 그 풍경에 정신을 빼앗긴 일행은 조금 전까지만 해도 바다로 간다는 일정이 있었던 것조차 잊은 채 놀기 시작했다. 얼마나 놀았을까? 일행은 지치기도 하고 배가 고프기도 해서 모래사장으로 올라왔다. 그랬더니 놀랍게도 거기에는 맛있는 점심 식사가 차려져 있었다. 그리고 그 옆에는 할머니가 서 계셨다.

"배고프지? 점심 좀 먹고 놀아."

간단한 식사에 수박, 참외 같은 시원한 여름 과일이 먹음직스럽게 놓여 있었다. 일행은 정신없이 식사를 마치자, 졸음이 쏟아졌다. 네 사람은 모래사장에서 선탠을 하며 기분 좋은 낮잠을 즐겼다. 얼마나 잤을까?

"얘들아! 일어나 봐." 하는 소리에 모두들 눈을 떴다.

"어머! 시간이 벌써 이렇게 됐어, 얘!"

시계를 보니 3시 30분을 지나고 있었다. 잠은 제대로 잤지만, 다른 곳을 구경 가기가 애매한 시간이 되어버린 것이다. 오전만 여기에서 놀고 오후에는 허브 마을에 가서 사진도 찍고 산책도 즐기며, 저녁이 되면 맛있는 회를 먹으러 가려던 계획이 무산될 위기에 처한 것이다. 일행은 부랴부랴 짐을 챙겨 펜션으로 돌아왔다. 그리고 옷을 갈아입고 차 있는 곳으로 갔다. 그랬더니 또 거기에 할머니가 있었다. 우리가 허브 마을에 다녀오겠다고 하자,

"에이~, 허브 마을엔 뭐하러 돈 들이며 가? 요 옆에 내가 평생 가꾼 꽃밭이 얼마나 예쁜데."

그 말에 일행은 역시 한번 갔다 오기나 해 보자며, 펜션 옆 숲속으로 난 길을 따라 걸어가 보았다. 얼마 동안을 걷자, 갑자기 앞이 확 트이면서 꽃이 만발한 넓은 초원이 펼쳐졌다. 마치 어느 외국 목장이라도 온 것 같은 착각이 들 정도로 넓고 예쁜 초원이었다. 일행은 다른 생각은 모두 잊고 정신없이 꽃을 구경하고 산책하고 사진을 찍으며 놀았다. 얼마나 정신이 없었느냐 하면 날이 어두워졌는데도 시간 가는 줄 몰랐다. 해가 산 너머로 넘어가자 사방은 갑자기 어둑어둑해졌다. 원래 깊은 산골이 그런 줄은 알았지만, 처음 겪어보는 일이라 일행은 일순 당황했다. 여기저기 돌아다니며 놀다보니, 자기네들이 어느 쪽 숲에서 왔는지를 잊어 먹었기 때문이다. 초원은 사방이 숲으로 둘러싸여 있었다. 숲을 빠져나올 때 무슨 표시를 해 둔 것도 아니어서 어디로 가야 펜션으로 가는 길이 있는지 좀처럼 알 수가 없었다.

어느덧 주위가 완전히 캄캄해졌다. 차차 배도 고파지고, 반바지와 반팔 차림으로 온지라 갑자기 떨어지는 산골의 기온에 싸늘해지기까지 했다. 일행은 정신없이 펜션으로 가는 길을 찾기 시작했다. 초원의 가장 자리를 돌며 길처럼 생긴 것이 있으면 무조건 들어가 보았다. 펜션에서 2, 3분 거리였기 때문에 일행은 숲으로 들어갔다가 2, 3분 정도 걸어 보고 펜션으로 통하는 길이 나오지 않으면 다시 초원 쪽으로 되돌아오는 일을 수차례 반복했다. 하지만 펜션으로 가는 길은 좀처럼 찾을 수가 없었다. 그러자 여자들이 먼저 지쳐갔다. 그래서 이번에는 남자 하나만 들어갔다가 오기로 했다. 조금 위치를 옮기자 길 같은 것이 나왔다. 남자 하나가 들어가고. 10분이 지났지만 남자는 돌아오지 않았다. 나머지 세 명은 불안해졌다.

"영수야!"

남아 있던 사람들이 소리를 질러 보았다. 대답이 없었다. 20분이 지났지만 남자는 돌아오지 않았다. 일행은 뭔가가 잘못되어 가고 있다는 생각을 했다. 일행은 계속해서 그의 이름을 불렀다. 30분이 지났다. 이제는 나머지 남자가 들어가 보기로 했다. 남자가 막 숲속으로 들어가려 하자, 뒤에서 여자들이 함께 가자고 했다. 셋은 어쩔 수 없이 함께 행동하기로 했다. 숲속 길로 들어선 지 3분이 지났다. 하지만 앞은 역시 캄캄한 어둠뿐이다. 일행은 다시 초원 쪽으로 발길을 돌렸다.

남자가 앞장을 서고 여자 둘이 꼭 붙어서 따라갔다. 바로 그때! 갑자기 맨 뒤에 있던 여자의 어깨를 차가운 손이 덥석 잡는 것이었다. "꺄아아아악!" 여자는 자지러지게 비명을 질렀다.

"다 와 놓고선 어딜 가?"

할머니의 목소리가 들렸다. 일행은 거의 주저앉아서 움직일 수가 없었다. 하지만 정말 다행이라고 생각한 일행은 할머니를 따라서 숲을 빠져나왔다. 그리고 정원 식탁에는 음식이 차려져 있고, 앞서 갔던 남자가 음식을 조금씩 먹고 있었다.

"야! 너 이게 무슨 짓이야! 우린 너 때문에……."

"난 할머니께서 가신다기에……."

어쨌거나 일행은 무사히 펜션으로 돌아왔고, 저녁

도 맛있게 먹었다. 그리고 하루 종일 놀고 길을 찾느라 지친 일행은 12시도 되기 전에 잠이 들었다.

얼마나 잤을까?

누군가가 방문을 '탕탕탕탕' 두드리는 소리에 여자 친구 둘이 동시에 눈을 떴다. 놀란 두 사람은 시계를 보았다. 새벽 4시. 그러는 사이에도 방문은 계속 '탕탕탕탕' 소리를 내고 있었다. 무서운 생각이 든 두 친구는 나지막한 목소리로 "누구세요?" 하고 물었다. 그랬더니 "나여, 문 열어!" 하는 할머니의 목소리가 들렸다. 두 친구는 "휴우" 하고 한숨을 쉰 후, 방문을 열어주었다.

"얼른 일어나! 이제 집에 가야지!"

문이 열리자 할머니는 큰소리로 말했다.

"왜요? 지금 이 시간에 집엘 가라고요?"

"이제 장사 끝났어! 빨리 집에 가!"

정말 너무나 황당한 할머니의 성화에 두 친구는 어

안이 벙벙했다. 그렇게 두 친구가 정신을 놓고 있는 사이에 할머니는 남자들이 자는 방으로 가서 또 문을 두드렸다. 물론 그쪽에서도 똑같은 상황이 벌어졌다. 그러자 남자들은 오기가 생겨 거세게 대들었다.

"할머니 정말 너무 하는 거 아닙니까? 지금 이 새벽에 어딜 갑니까? 못 갑니다!"

그랬더니 할머니의 얼굴이 전혀 사람의 것이라고 할 수 없는 모습으로 바뀌더니 지금까지와는 전혀 다른 쉰 목소리를 내며 소리를 질러댔다.

"가라면 갈 것이지 뭔 말들이 많아!"

일행은 온몸에 소름이 돋고 뭐라고 표현할 수 없는 공포에 사로잡히면서, 아무 대꾸도 못하고 부리나케 짐을 챙겨 펜션을 빠져나왔다. 그런데 이상한 일은, 차를 타고 막 펜션을 빠져나올 때 할머니가 펜션 입구에 서서 아주 다정한 표정을 지으며 손을 흔들어 배웅하더라는 것이다.

"야! 우리가 뭘 잘못 본 거겠지?"

일행은 너무나 다른 할머니의 모습을 뒤로 하며 펜션에서 멀어져 갔다. 시간은 어느새 새벽 5시가 되어 있었다. 조금 있으니 새벽 어스름이 산골짜기에 깃들었다. 그리고 포장이 되지 않은 산길도 끝나고 마을 어귀의 좁은 길로 접어들었을 때였다. 운전하는 친구를 제외하고는 모두들 잠에 취해 눈을 감고 있었는데, 갑자기 차가 멈추는 바람에 모두들 화들짝 놀라 눈을 떴다. 차 앞에는 웬 할아버지가 삽을 들고 차 안을 보고 서 있었다. 그러자 운전을 하던 친구가 창문을 내리고는 어서 길을 비키라고 소리를 질렀다.

　"쯧쯧쯧! 이게 차가 뭔 꼴이여?"

　삽을 든 할아버지는 열린 창문에 대고 딱하다는 듯 말했다.

　"우리 차가 어때서요?"

　그렇게 말하고는 고개를 내밀어 차를 살피던 친구는 갑자기 차 문을 열고 밖으로 나가 망연자실한 표정으로 차를 보고 있었다. 그리고……, 우리는 그 친구의 모습을 보고 그만 기절할 뻔했다. 그리고……, 그 다음으로 우리는 서로의 모습을 보고 다시 한번 몸서리를 쳤다. 차는 온통 무언가에 긁힌 자국과 거미줄이며 나뭇가지들이 겹겹이 둘러쳐져 있는 것이었다. 그리고 자기들의 몰골은 차마 눈 뜨고는 못 봐줄 정도로 초췌해 있었고, 얼굴에는 땟국이 줄줄 흐르고 있었다.

"자네들 할머니한테 갔다 왔구먼."

삽을 든 할아버지는 대뜸 그렇게 말씀하시더니, 안 됐다는 표정을 지으며 이렇게 말을 이으셨다.

"그 할망구가 빨리 저승으로 가지는 않고, 어째야 쓸꼬. 쯧쯧쯧쯧……!"

그 할아버지의 말에 따르면 할머니는 서울에 사는 자식들이 놀러 온다는 말을 전해 듣고 한껏 상을 차려놓고 기다리다가 자식들이 오지 않자 그만 그대로 굶어죽고 말았다는 것이다. 할머니는 죽어서 혼령이 저승으로 가지 못하고 그 자식들이 온다던 날만 되면 일 년에 한 번씩 꼭 도회지에 사는 사람들을 꾀어 그렇게 헛대접을 하여 사람들에게 피해를 준다는 것이다. 물론 할머니의 생각은 그게 아니지만 말이다.

결국 일행은 죽은 할머니의 혼령과 이틀 밤과 하루를 지내면서 헛것을 먹고 헛것을 보았으며, 다 망가진 집터에서 잠을 잤던 것이다. 일행은 할아버지의 도움으로 몸을 씻고 차를 깨끗이 세차한 후 서울로 돌아왔다.

집으로 돌아온 친구는 맛있는 음식들이며, 그 행복했던 계곡의 모래사장, 꽃들로 가득한 초원의 풍경을 잊을 수가 없었다. 할머니의 혼령이 만들어낸 허구이기는 했지만, 그때만큼은 정말 행복했기 때문이다.

그런 생각을 하다가 친구는 디지털 카메라에 생각이 미쳤다. 친구는 얼른 디지털 카메라를 꺼내 보았다. 그랬더니 카메라에 저장된 사진은 정말로 처참할 정도였다. 펜션은 다 쓰러진 초가집이었고, 방 안에는 벌레들이 우글거렸으며, 맛있게 먹었던 음식들은 가공하지 않은 배추며 무, 깻잎 등이었다. 그나마 잘 씻지도 않은 것이어서 도저히 그냥 먹기는 힘든 것들이었다. 그리고 그 아름답던 계곡과 초원은 정말

볼품없는 계곡과 풀밭에 지나지 않았다. 그리고 사진에 찍힌 그들의 몰골은 차마 눈을 뜨고 볼 수 없을 정도로 지저분했다.

생각하면 할수록 소름이 돋고 공포에 떨어, 한동안 그 이야기를 꺼내는 사람은 아무도 없었고, 네 사람은 서로 얼굴을 보면 그 일이 떠오를까 봐 만나지도 않게 되었다.

그리고 일 년이 지난 어느 금요일 저녁. 친구가 회사 동료들과 저녁을 먹고 집이 같은 방향인 사람과 전철 막차를 타고 집에 가는 중이었다.

"얘, 얘. 그 왜 정 대리 있잖아! 너무 운이 좋은 거 있지! 휴가 가려고 방을 예약하려는데, 휴가 가기 이틀 전에 방을 찾으니 그게 있을 리가 있겠어? 그런데 말이지, 어젯밤에 인터넷을 뒤지다가 우연찮게 방을 구했다는 거야. 인터넷 검색을 하다가 소변이 마려워서 화장실에 다녀왔는데, 글쎄 어느 틈엔가 '펜션 예약을 진행하시겠습니까?'라는 메시지가 떠서 예약을 시도했더니 정말로 예약이 되었다는 거야. 확인 전화까지 했으니까 아마 틀림없을 거야. 너무 운이 좋지 않니?"

친구는 그 말을 듣는 순간 일 년 전의 그 일이 떠오르면서, 온몸에 소름이 돋아 몸서리를 쳤다. 그리고는 휴대폰을 꺼내 시간을 보았다. 이미 12시를 넘어서고 있었다.

'그 사람들 벌써 풀잎을 뜯고 있겠군!' 속으로 그렇게 생각하면서 말머리를 다른 화제로 돌렸다.

제 13 화

여긴 내 집이야

요즘처럼 무더운 여름 어느 날이었다.

아빠는 해외로 출장을 가고 엄마와 나 그리고 언니, 이렇게 셋이서 콘도로 피서 여행을 갔다. 그 콘도의 이름을 지금은 잊어 먹었는데, 흔히 들어보지 못한 이름이었다.

콘도에 도착해 보니 콘도라고 하기에는 규모도 작고, 콘도 옆에 시원한 계곡물이 흐르는 것 말고는 이렇다 할 시설도 없었다.

우리가 예약한 것은 방이 두 개였는데, 그나마 방이 아주 작은 것이었다. 한 방에서 세 명이 자기에는 턱없이 좁았다. 그래서 겁이 많은 내가 엄마와 함께 침대가 있는 큰 방에서 자고 작은 방에서는 언니가 잤다.

얼마나 잤을까? 한참 자고 있는데 갑자기 눈이 떠졌다. 눈을 떠 보니 나는 벽 쪽을 보며 누워 있었다. 몸을 뒤척여 뒤로 돌아누우니, 엄마가 나에게 등을 돌린 채 문 쪽을 향해 주무시고 계셨다. 방문 옆에 걸린 시계를 보니 새벽 3시였다. 하도 더워서 방문은 열어 두었었는데, 엄마의 어깨 너머로 열린 방문을 통해 보이는 부엌에 누군가가 서 있었다. 워낙 잠결이라 나는 언니가 부엌에서 물이라도 마시고 있는 줄 알았다.

그래서 나도 목이 말라, '언니, 나도 물!'이라고 말하려는 순간! 나는 그만 몸이 얼어붙고 말았다. 바로 그때 부엌에 있던 여자가 고개를 내 쪽으로 돌린 것이었다. 천천히 돌린 그 여자의 얼굴은 어둠 속에서도 고양이 눈처럼 야광 빛을 내고 있었고 입은 붉은 립스틱, 아니 빨간 피 같은 것으로 얼룩져 있었다. 그리고 엉덩이까지 내려뜨린 긴 생머리.

나와 눈길이 마주친 그 여자는 실룩 미소를 지어보이며 내가 있는 방 쪽을 향해 다가오기 시작했다. 느리게…… 하지만 걷는 것이 아니라 공중에 떠서 아주 천천히……

나는 너무나 무서워져서 작은 소리로 "엄마!" 하고
불렀다. 하지만 엄마가 그 정도 소리에 일어날 리가
없었다.

점점 다가오는 여자. 거의 문까지 다가왔을 때, 나
는 눈을 꼭 감고 엄마를 뒤에서 껴안은 채 몸을 부들
부들 떨고 있었다.

한참을 그렇게 떨었는데, 아무런 일도 일어나지 않
았다. 정말 그 몇 분 동안의 공포는 지금도 잊지 못한
다. 긴 손톱을 가진 손이 나의 어깨를 휘어잡으면 어
떡하나? 피 묻은 입술에서 혀가 불쑥 나와 나의 뺨을
핥기라도 하면 어떡하나? 나의 귀에 대고 이상한 소
리를 하면 어떡하나?

몇 분이나 흘렀을까? 아무런 인기척이 없어서 나
는 불안한 마음을 억누르고 살짝 눈을 떠 보았다. 그

랬더니 그 여자는 사라지고 없었다.

'휴우, 안심이다.' 하고 생각한 바로 그 순간! 나는 또다시 온몸에 불이 난 것처럼 화들짝 놀랐다. 내가 안고 있는 사람이 엄마가 아니라, 바로 그 여자였던 것이다. 긴 생머리에 하얀 소복을 입은 그 여자. 매캐한 몸 냄새가 나의 코를 찔러 왔다. 안고 있는 손을 풀지도 못하고 돌아누운 그 여자의 뒤통수만 바라보며 부들부들 떨고 있는데, 그 여자가 고개를 내 쪽으로 돌리기 시작했다. 그것도 몸은 그대로인 채, 목만⋯⋯.

목을 완전히 내 쪽으로 돌린 여자의 표정은 정말이지 생각도 하기 싫다. 입술은 온통 피투성이였는데, 그 비린내가 속을 매스껍게 했다. 그리고 입이 험악하게 일그러지더니 크게 소리를 질렀다.

"여긴 내 집이야! 빨리 나가!"

나는 두 눈을 꼭 감고 "꺄악" 비명을 질러대다가 잠에서 깨어났다. 엄마가 깨운 것이다.

"무서운 꿈을 꾸었나 보구나!"

엄마는 옆에서 그렇게 말씀하시며, 나를 꼭 껴안아
주셨다. 나는 악몽을 꾸느라 힘이 다 빠진 몸을 엄마
품에 안기면서 울다가 다시 잠이 들었다.

다음 날 아침 눈을 떠보니, 엄마는 산책을 나가시
고 없고 언니가 과일을 깎고 있었다. 그래서 지난밤
의 꿈 이야기를 했더니, 언니의 표정이 갑자기 굳어
지면서 이렇게 말하는 것이었다.

"어제, 엄마 너하고 같이 안 잤는데……. 덥다고 거실에
서 주무셨어."

"그럼……??? ……!!!"

내가 껴안고 잔 사람은?

제 2 부

군대 괴담

제14화

어느 훈련병의 죽음

나는 군대 생활을 신병 훈련소에서 보냈다.

사랑하는 아들을 군대에 보내는 부모나 자유로운 생활을 뒤로 하고 군 생활을 시작해야 하는 사람이나 아쉽고 서운하기는 늘 마찬가지인 것 같다.

가끔 어디에서 무슨 소리를 들었는지 모르지만, 군대에 들어오면 죽음 같은 생활이 기다린다는 잘못된 정보를 가지고, 군대 오는 걸 마치 죽으러 오는 것으로 착각하는 사람도 있다. 그리고 그 생각이 도를 넘어서면 늘 얼마 안 되는 훈련소 생활 중에도 꼭 사고를 치는 사람이 한둘 있기 마련이다.

신병 훈련소 근무에서 가장 짜증스러운 일이 바로 그런 일이다. 앞으로 자신에게 일어날 일들을 지레짐작하여 자해를 한다든지 난동을 부린다든지 말이다. 하지만 그 정도면 정말 다행한 일이 아닐 수 없다. 우리가 맞이하게 되는 최악의 상황은 훈련병의 자살로 이어지는 일이다.

어느 훈련소나 자살과 관련된 괴담이 몇 가지씩 있기 마련인데, 지금부터 하는 이야기는 내가 근무했던 훈련소에서 내가 직접 경험한 일이기 때문에 도저히 믿지 않을 수가 없다.

내가 훈련소로 자대 배치를 받고 한 달쯤 지난 후였다. 신병 훈련 2주째. 당시 훈련병들은 모두 이렇다 할 말썽 없이 훈련에 임해 주고 있었고, 우리 부대원들 또한 이번에는 수월하게 넘어가는구나 하고 속으로 마음을 놓고 있을 때였다.

밤 10시 경. 갑자기 비상이 걸렸다. 훈련병 한 명이 사라졌다는 것이다. 소위 훈련병 탈영 사건이 터진 것이다. 부대는 발칵 뒤집혔고, 단잠을 자야 할 시간에 전 부대원이 동원되어 사라진 훈련병을 찾아 나섰다.

그런데 수색 작전은 의외로 쉽게 끝이 났다. 먼 곳

도 아니고 막사 바로 뒤에서 흉기에 찔려 죽은 채로 발견된 것이다. 그런데 그 흉기는 죽은 훈련병의 손에 들려 있었고, 몸에 난 찌른 자국이나 각도 등으로 미루어 자살한 것으로 판명이 났다.

자살의 원인에 대해서는 여러 가지 말이 많았는데, 부대 차원에서는 주변 훈련병들의 말을 종합해, 여자 친구와의 이별 때문으로 서둘러 결론을 내려버렸다. 그런데 부대 차원의 결론과는 달리, 이런 이야기도 흘러나왔다.

자살한 훈련병은 훈련소에 들어올 때, 여자 친구로부터 반지를 하나 받았다고 한다. 꽤나 값이 나가는 것이었는데, 그 훈련병은 그 반지를 집으로 보내지 않고 몰래 간직해 왔다는 것이다. 그런데 어느 날, 그것이 없어졌다는 것이다. 하지만 자살한 훈련병은 그 반지를 가지고 있다는 것 자체가 규율을 어긴 것이기 때문에 부대장에게 호소도 못하고 있었다고 한다.

그런데 이상한 것은, 그 훈련병이 어느 날 이렇게 말하더라는 것이다.

"난, 누가 내 반지를 훔쳐 갔는지 알아! 콱 죽여 버릴 거야."

　　그런 소문이 돌던 어느 날. 우리 내무반에 제대를 불과 일주일 정도밖에 남기지 않은 말년 병장(김△★)이 있었는데, 그날따라 낮잠을 너무 많이 자서 밤에 잠이 잘 안 오더라는 것이다. 그래도 취침 명령에 자리에 누웠는데, 너무 잠이 오지 않아, 두세 시간을 뒤척였다고 한다.

　　그런데 간신히 잠이 들락 말락 할 즈음!

　　"덜거덕! 덜거덕!"

　　"쓰윽! 쓰윽!"

　　뭔가 이상한 소리가 나서 눈을 떴다고 한다. 그리고 '누구야!' 하고 막 소리를 지르려던 순간! 아직 여름이 다 가지도 않았는데, 왠지 모를 냉기가 방 안을 가득 채우고 있다는 사실을 직감적으로 느꼈다고 한다. 순간적으로 엄습한 두려움에 크게 떴던 눈을 다시 감고 작게 실눈을 떠서 무엇이 있나 하고 살펴보았다고 한다.

"달그락! 달그락!"

"뽀시락! 뽀시락!"

그 소리는 관물대를 뒤지는 소리임을 알게 되었다고 한다. 누구의 관물대인지는 모르지만, 누군가가 관물대를 뒤지고 있는 것이었다. 방금 전까지의 공포는 말끔히 사라지고 누구인지를 확인하려고 했다. 물론 그것이 본인의 관물대를 열고 무언가를 찾는 것일 수도 있지만, 굳이 이 한밤중에 그럴 필요까지는 없다는 것에 생각이 미친 김 병장은 이미 어둠에 익숙해진 눈을 들어 소리가 나는 쪽을 살펴보았다고 한다. 순간!

내무반 사병이 아닌 훈련병이 있는 것이 아닌가? '어떤 놈이야!' 하고 막 소리를 지르려는 순간, 김 병장은 그만 입을 다물고 말았다고 한다. 그 훈련병은 바로 며칠 전에 자살한 훈련병이었던 것이다. 그리고 누군가의 관물대를 뒤지다가 김 병장이 쳐다보는 것을 알았는지 김 병장 쪽으로 고개를 획 돌리더라는 것이다. 눈이 마주치면 큰일이라고 직감한 김 병장은 순간적으로 눈을 감았다고 한다.

그 이후로도 관물대 뒤지는 소리는 1, 2분 정도 이어졌다고 한다. 그사이 김 병장은 자신이 잠이 깨어 있다는 사실이 들키지나 않을까 무척이나 걱정이 되어 식은땀이 주르르 흘렀다고 한다. 그리고……, 1, 2분 정도 이어지던 그 소리는 딱! 멎었다고 한다. 그리고 그 소리가 멎고 한참이나 눈을 감고 있던 김 병장은 그 훈련병이 사라진 줄 알고 한숨을 쉬면서 눈을 뜨려는 순간, 자신의 이마 위에 무언가가 어른거리고 있는 것 같은 느낌을 받았다고 한다.

'아뿔싸! 아직 안 갔구나!'

그렇게 속으로 생각한 김 병장은 몸을 바짝 긴장한 채 눈을 꼭 감고 있었다고 한다. 잠은 오지 않고 눈은 뜰 수 없고 지옥 같은 밤이 가고 기상 시간이 되었을 즈음, 김 병장은 눈을 떴다고 한다. 그러고는 간밤에 소리가 났던 관물대 쪽을 보니, 모 상병의 관물대가 열려 있고, 물건이 흩어져 있는데, 흐트러진 물건 위를 하얀 종이가 덮고 있었으며, 그 종이 위에 예쁜 반지가 놓여 있었다고 한다. 그리고 그 종이에는 선명한 핏자국으로 이런 글이 쓰여 있었다고 한다.

"네가 훔쳤지!"

그날 이후, 그 상병은 정신착란 증세를 보여 어디
론가 이송된 이후, 나는 그의 모습을 볼 수가 없었다.
그리고 김 병장도 당시에는 이렇다 저렇다 말이 없이
제대를 했는데, 김 병장의 그날 밤 이야기를 나는 내
가 제대하기 바로 전에, 말년 휴가를 나갔다가 만난
선임한테서 들었다.

만약, 사건 당시에 그런 이야기를 들었더라면 나는
아마 밤마다 공포에 떨며 군대 생활을 했을지도 모를
일이다.

제 15 화

공포의 GP 1

대한민국 최북단에 설치된 건물이 있다. GOP 라 불리는 남방한계선 안 비무장지대에 세워진 GP. 철책 선을 가운데 두고 남한은 북한을, 북한은 남한 을 좀 더 경계하기 위해 설치된 GP는 이미 몇 년이 지난 육군28사단 GP총기난사사건으로 사람들에게 알려져 있다. 비무장지대는 한국동란 이후 남과 북 그 누구의 소유도 아니며 UN 관리 하에 아직까지도 많은 지뢰가 매설되어 있어, 승인된 인원만이 경계 하에 출입할 수 있으며, 그곳에 세워진 GP는 국군 중 수색대에 소속된 병사들이 지켜가고 있다.

이 일은 내가 복무했던 GP에서 겪었던 일이다.

2004년 4월 경. 당시 우리 중대에서는 두 개의 GP 를 맡고 있었는데, XX2GP와 XX3GP였다. 그런데 내가 자대에 온 후 한 달 뒤 3GP를 교대하라는 상부의 지침이 내려왔다. 이유는 3GP와 중대 본부의 거리가 너무 멀어서 타 연대 GP와 교체를 한다는 것이었다.

서류 간 인수인계가 어느 정도 완료되었을 때……, 이상한 서류 한 장이 중대를 들썩이게 했다.

ㅡ소대원들이 특정 침상에서 자주 가위에 눌리고, 귀신이 있다 하여 병사들이 소원수리를 작성한 적이 있음.

처음에는 모두 타 연대를 비웃었다. '귀신이 나온다고 상부에 소원수리를 쓴 부대가 어디 있을까?' '귀신 잡는 해병대라도 보내야 하나?' 하며 놀려댔다. 하지만 중대장은 GP 교체는 중요한 사항이기 때문에 이러한 부분마저 그냥 넘어갈 수 없다고 했다. 그리고 3일 뒤……. GP 견학 겸 동숙을 위해 간부 셋과 병사 둘이 3GP로 파견되었다. 중대원들이 농담 삼아 가위눌리는 자리가 있는지 진위 여부 좀 확인해 달라고 했다.

그리고 다음 날……. 3GP에서 복귀한 인원들로 인해 또다시 중대가 시끌벅적해졌다. 정말로 가위에 눌리는 일이 발생했기 때문이다. 그것이 한 명도 아니고 다섯 명 전원이 똑같은 남자를 봤다고 주장하는 것이었다.

5월 중순…….

한 달이 지나 GP 간 인수인계가 완료되고 3소대가 처음으로 3GP에 투입됐다. '은행나무 침상'이라고 부르던 가위눌리던 장소는 휴게실로 교체하였고, 하루하루 별다른 문제없이 경계 작전이 이루어지고 있었다. 귀신에 대한 소문도 어느새 잊혀지고 있었다.

7월이 되어 여름철 경계가 한창일 때였다. GP에 투입된 3소대에 전역자가 생겨 포반이었던 내가 대리 경계 근무에 투입되었다. 나는 세 개 분대 중 새벽대를 맡고 있는 2분대에 들어가 근무를 서게 되었는데, 문득 사수와 얘기를 나누던 중 3GP에 대한 괴담이 생각났다.

"귀신 이야기 전부 뻥이지 않습니까?"

내가 웃으며 묻자 사수는 표정이 싹 굳어지더니 의외의 대답을 했다.

"여기 투입되고 귀신 봤다는 사람 나 포함해서 지금까지 열 명도 더 될 거다."

사수였던 조 병장은 투철한 불교신자인 데다 소대 상담 병으로 가장 착하고 거짓말도 안 하기로 소문난 사람이기에 그 대답에 의심을 하기 어려웠다.

"그럼 정말 있단 말씀이십니까?"

조 병장은 귀신인지는 모르겠지만 살벌하긴 하다고 대답했다. 그러면서 GP 내 귀신이 목격된 곳을 일러주었다. GP는 지상과 지하로 나뉘는데, 지상에는 주로 근무를 서게 되는 초소가 설치되어 있고, 지하에는 내무실과 취사장 등이 있으며 바깥쪽에 시계방향으로 열두 개의 벙커가 있다.

첫 번째로 귀신을 목격한 건 2분대였던 장 상병. 야간 근무를 마치고 잠이 들었던 그는 새벽 2시를 넘긴 시각에 소변이 마려워 잠에서 깨어났다. 피곤한 몸으로 화장실에 가 소변기에 서서 용변을 보던 장 상병은 무척이나 졸려서 머리를 벽에 기댄 채 소변을 보고 있었는데 그때 복도에서 화장실로 다가오는 전투화 소리를 듣고 선임인가 해서 다시 머리를 들었다.

이윽고 그 발자국 소리의 주인공이 문을 열고 장 상병의 뒤를 스윽! 지나갔는데, 누군지는 똑똑히 보지 않았지만 곁눈질로 본 것으로는 전투복을 입은 사람이라 근무자라고 생각했다.

하지만 용변을 마친 뒤, 화장실을 나가려는데 뭔가 이상한 점을 느꼈다. 화장실 입구에 설치된 거울로 보이는 대변기 문들…… 모두 열려 있었던 것이다. 그래서 가서 보니 아무도 없었던 것이다.

처음에는 분대원들 모두 믿지 않았다. 하지만 3일후…… 농담 한마디 안 하며 과묵했던 부소대장이 한밤중에 12번 벙커에서 울고 있는 남자를 봤다고 했다. 그리고 그 일을 시작으로 내무실, 휴게실, 벙커, 초소 등등 여러 곳에서 귀신을 봤다는 사람이 속출했다.

그후 2주가 지났다. 3일이 지나도록 비가 그치지 않은 채 억수 같은 폭우가 쏟아지고 있었다. 아직도 GP에서는 귀신에 대한 이야기들로 술렁이며 진담 반 농담 반 섞인 소문들이 무수히 퍼져나갔다. 그러던 중 우연히 귀신에 대한 이야기를 들을 수 있는 기

회가 찾아왔다. 바로 GP를 교체한 타 연대 인원들이
참모와 함께 GP 점검을 온 것이다. 다음은 그들에게
서 들은 이야기이다.

때는 GP가 세워지고 얼마 지나지 않은 90년대였
다고 한다. 당시 군복무 중이던 병사들은 지금보다
훨씬 긴 경계 작전을 수행하고 있던 어느 여름이었
다고 한다.

천둥소리와 빗소리가 천지를 뒤덮은 비무장 지대
에 폭음이 울려 퍼졌다. 모든 병사들도 재빠르게 방
탄조끼를 착용하고 총과 탄을 갖춰 각자의 위치로
투입됐다. 하지만 이어지는 폭음은 없었다. 5분 정도
지났을까? 한 병사가 폭음의 원인을 알아냈다. 그건

북한군의 도발도, 낙뢰로 인한 대인지뢰의 불발도 아니었다.

12번 벙커에서 한 병사가 자살을 한 것이다. 한 손에 편지와 다른 한 손에 수류탄을 들고…….

그 편지는 여자 친구로부터 온 이별통지서였다고 한다. 12번 벙커는 정좌로 앉아 있는 하반신과 이리저리 흩어진 상반신의 살점들로 피범벅을 이루었다고 한다. 이후 소대는 사체 근처로의 출입을 금한 채 그의 부모가 당도하기를 기다리고 있었다. 군 내 사망자는 조작 여부의 문제로 부모가 직접 사체를 확인하기 전까지는 시체를 건드릴 수 없기 때문이다.

3일 후, 그의 부모가 도착했다. 해외에 계셨던 부모님은 형체가 없어진 외아들을 보고 말을 잃었고……. 이건 이후에 들은 이야기이지만, 당시 사망한 지 3일 간 방치되는 동안 살쾡이들이 사체의 살점을 물어가고, 한 여름이라 파리가 들끓어 시체 속에는 구더기들까지 기어다녔다고 한다. 부모는 오열하다 못해 기절하고, 직후에 여자 친구가 도착했다. 소대원들이나 부모 모두 그 여자 친구를 좋게 볼 리 없었다.

물론 그녀 나름대로 사정이 있었을 테지만, 상반신이 없어진 남자 친구를 보며 울고 있는 그녀에게 모두가 욕설을 퍼부었다고 한다. 이후 그녀도 자살을 시도하다 가까스로 목숨을 건졌다고 한다. 내가 들은 내용은 거기까지였다. 이후 이야기는 소대원 전원에게 전파되었다. 몇몇은 거짓말이라고 했지만, 12번 벙커에서 무슨 일이 있었던 것만큼은 확실한 듯했다. 아니……. 난 그 소문을 100% 신뢰한다. 왜냐하면 경계 근무를 서고 있는 지금 내 옆에 그 자살한 병사가 며칠째 함께 근무를 서고 있기 때문이다…….

제 16 화

구치소 근무

내가 군복무를 했던 곳은 □○구치소이다.
군대 하면 대개 전방 어디 어디, 담당 구역 XXGP 등
이 많은데, 구치소에서 군복무를 하는 사람도 있다는
점을 알아두는 것도 괜찮을 것이다. 지금이야 구치소
생활에 부당한 일이 거의 없지만, 20년 전 군사 정권
시절만 해도 구치소 수감자의 인권은 매우 열악했다
는 소문이 있다. 물론 사실인지는 모르지만 말이다.

내가 처음 배치를 받아 □○구치소에 갔을 때도 선
임들은 이런 이야기를 해 주었다.

돈이 없어서 아기 줄 분유를 훔치려다 가게 주인을
찔러 중상을 입힌 여자가 구치소에 수감되었다. 여자
는 집에 남겨진 아이가 너무나 보고 싶어서 탈옥을
하다가 길을 잘못 들어, 나가는 길이 없는 지하실 방

으로 들어가게 되었는데, 출동한 부대원의 권유에 응하지 않고 목을 매달아 자살했다. 그런데 그 다음부터 그 지하실에서는 여자의 우는 소리가 끊이지 않았다고 한다.

또 어떤 사람은 억울하게 누명을 쓰고 수감되었는데, 아무도 믿어 주지 않아 스스로 목숨을 끊었다. 그 사람이 자살하던 날은 천둥과 번개가 치고 억수같이 비가 내리던 밤이었는데, 그 뒤로 그런 밤만 되면 어디선가 '억울해! 나의 무죄를 밝혀라!' 하는 소리가 천둥소리에 섞여 들릴 듯 말 듯 교도소에 울린다는 것이다.

내가 막 배치를 받고 근무를 서기 직전에 말년 병장(K병장)이 이런 이야기를 해 주었다.

K병장이 배치를 받고 처음 근무를 서던 날이었다고 한다. 처음 서는 야간 근무라서 한껏 긴장을 하고 있는데, 어디선가 흐느끼는 소리가 들리더란다.

"으흐흑……. 으흐흑……."

K병장(당시는 이병)은 누군가가 서러워서 우나 보

다 하고 생각했는데, 한동안 울고 그칠 줄 알았던 그 울음소리는 좀처럼 그치질 않았다고 한다. 그런데 시간이 지날수록 그 울음소리가 이상하게 섬뜩한 느낌으로 들리는 것이었다. '으흐흑!' 한 번 소리가 날 때마다 팔에 소름이 돋고, '흑흑흑!' 다리에 소름이 돋고, 뒷골에 소름이 돋는 등, 도저히 그냥 서 있기가 무서웠다고 한다. 그래서 누군가가 지나가 주기를 바랐지만, 아무도 지나가는 사람이 없었고 교대 시간도 멀었다고 한다. 그런데 그 흐느끼는 소리는 점점 가까이 들려와서 참을 수 없게 된 K병장은 결국 소리의 근원지를 찾게 되었다고 한다. 그리고 그 소리가 지하 1층에서 들려오는 소리라는 것을 알아차렸다.

K병장이 근무를 서던 장소가 바로 지하 1층으로 내려가는 계단 옆이었던 것이다. 지하실은 계단만 잠깐 내려가면 1분 안에 다녀올 수 있는 거리였기 때문에 K병장은 마음을 굳게 먹고 아무도 없는 지하 1층으로 내려갔다. 흐느끼는 울음소리는 점점 가까워지고 지하 1층 문에 있는 창살로 어두컴컴한 지하를 쳐다봤는데, 순간 K병장은 놀라 쓰러질 뻔했다고 한다.

흰 옷을 입은 여자가 피투성이 아이를 안고 서럽게 울고 있었는데, K병장이 쳐다보는 순간 눈이 딱 마주

친 것이었다.

K병장은 혼비백산해서 1층까지 단숨에 뛰어왔고, 덜덜덜 떨면서 다른 근무자를 찾았지만 아무도 지나가지 않았다고 한다. 사람이 있을 만한 곳으로 가자니 근무지 무단이탈로 징계 받을 것 같아 벌벌 떨며 누군가가 빨리 지나가 주기만을 기다렸다고 한다. 울음소리는 그치지 않았고, 더욱 또렷이 들려왔다. 계단에서는 금방이라도 피투성이 아이를 안고 있는 여자가 불쑥 튀어나올 것만 같고, 자리는 이탈할 수 없고…….

지하로 내려가는 계단을 응시하며 한참 두려움에 떨고 있는 순간! 계단 반대편 자기 옆에 누군가가 서 있는 느낌! 순간 그쪽의 얼굴에 냉기가 스치며 뺨이 파르르 떨려왔다. '이건 또 뭐야?' 하며 공포에 사로잡혀 반대편으로 고개를 돌리니, 거기에는 양복을 입은 직원이 언제 왔는지 자신을 빤히 쳐다보고 있었다는 것이다.

"자네, 뭘 그렇게 지하실 쪽을 쳐다보고 있나? 거기에서 혹시 피투성이 아이를 안고 있는 여자를 본 건 아니겠지?"

순간! K병장의 온몸에는 전기가 흐르듯 하며 몸 어느 마디 하나도 움직일 수 없었다고 한다. 그리고 있는 힘을 다해서 이렇게 말했다고 한다.

"그……, 그게 아니고……, 갑자기 대변이 마려워서요. 누구 좀 불러 주실 수……."

그렇게 말하는데, 그 남자는 이렇다 저렇다 말도 안 하고 K병장의 등 뒤쪽으로 저벅저벅 걸어가더란다.

혹시나 하는 생각에 무서운 중에도 누군가 오기를 기다렸지만, 결국 교대 시간까지 아무도 오지 않았다고 한다. 근무 교대가 끝나고 내무실로 돌아온 K병장은 마치 실성 들린 사람처럼 자리에 쓰러지고 말았다고 한다.

다음 날 아침. 선임에게 어젯밤에 있었던 이야기를 하자, 선임은 그 남자가 어떻게 생겼는지를 물었단다. 그래서 양복을 입었고, 약간 색이 들어간 안경을 썼으며, 여름인데도 춘추복 같은 제법 두께가 있는 양복이었

다고 기억나는 대로 이야기를 해 주었단다.

그러자 선임을 비롯해 그 주위에 있던 선임들은 모두 공포에 휩싸인 듯한 표정을 지으며 이렇게 말했다고 한다.

"마, 맞다……, 그 사람, 작년에 어떤 여자 수감자를 못살게 굴다가, 여자가 자살하자 징계가 두려워 다음 날 지하 1층 계단 아래에서 숨진 채 발견된 보안 과장 아냐? 그……, 그렇지? 또, 똑같지!!!"

제17화

이층 침대

이 이야기는 내가 군대에서 겪은 실화이다.

내가 병장 시절에 군부대를 새롭게 바꾼다면서 오래된 건물을 부수고 새로 짓는 일이 많았다. 우리 부대도 마찬가지였는데, 오래된 내무반 건물을 부수고 신식 건물로 바꾸어 지었다. 바꾸어 지으면서 넓이도 기존의 건물보다 1.5배 넓게 지었다. 원래 구 건물 옆에는 별로 사용하지 않는 공터가 있었는데, 그 공터를 건물 부지로 이용한 것이다.

신식 건물에는 이층 침대가 설치되었다. 내무반 환경을 더욱 여유 있고 쾌적하게 하기 위해서였다. 자리가 정해지던 날. 나와 나보다 몇 개월 더 일찍 들어온 선임이 같은 침대를 사용하게 되었는데, 안쪽에 배정하다 보니 구 건물 때에는 건물이 아니라 공터가 있던 위치에 놓이게 되었다. 그래서 그런지 창문 밖으로 보이는 경치가 구 건물 때와는 사뭇 다르게 느껴졌다.

이층 침대의 사용은 선임이 아래층을 내가 위층을 쓰게 되었는데, 새 건물이 지어지고부터 이상하게 선임은 잠을 자다가 도중에 깨어나는 일이 잦아졌다고 한다. 제대를 얼마 남기지 않아서 그런가 하고 생각했지만, 그렇다고 잠을 설칠 정도라고는 생각하기 힘든 상황이었다. 그래서 내가 물어보았다.

"요즘, 왜 잠을 잘 못 주무십니까?"

"잠을 못 자긴, 괜찮아."

그렇게 대답하길래, 무슨 일이 있느냐고 계속 추궁을 했더니, 선임은 이런 이야기를 해 주었다.

꿈에 자꾸 어떤 일등병 녀석이 나타나서 다른 데 가서 자라고 소리를 지른다는 것이다. 병장 체면에 후임들 보기 창피해서 일부러 내색을 안 했다는 것이다. 나는 꿈을 꾸는 것 때문이라면 별일 아니겠다 싶어 그때는 그냥 넘어갔다.

그리고 며칠 후 일요일. 선임은 침대에서 TV를 보다가 살짝 잠이 든 모양이다. 아마도 밤마다 잠을 설치다 보니 낮에도 졸음이 쏟아진 모양이다. 나를 포함해 몇 명이 TV를 보고 있는데, 침대에서 잠을 자던 선임이 소리를 질렀다.

"어어! 어어! 야! 인마! 저리가! 저리 가란 말이야!"

그렇게 소리를 지르면서 선임은 벌떡 일어나 숨을 헐떡거렸다. 우리가 무슨 일이냐고 묻자, 침대에 누워 있는데 웬 일병 녀석이 침대 앞에 서서 자기 다리를 자꾸 끌어당기더라는 것이다. 얼굴은 침대의 2층 난간에 가려서 보이지 않았지만, 분명 꿈속에서 보았던 그 일병이 맞다는 것이다.

그리고 그 일이 있은 후로는 한밤중에도 그렇게 소리를 지르는 일이 일어났다. 그리고 그 횟수가 많아지기 시작했다. 처음에는 그러려니 했던 내무반 대원들도 차츰 뭔지 모를 불안한 마음을 가지게 되었다. 특히나 그 선임의 위층 침대를 사용하는 나는 선임이 한밤중에 소리를 지르며 벌떡 일어날 때마다 뭔지 모를 공포에 휩싸이곤 했다.

그런 생활을 몇 개월 하던 선임은 전역을 했다. 그
때 그 모습이 어찌나 밝던지!

그런데……. 얼마 안 있어 신참이 들어왔다. 훈련
소를 막 나온 이병답게 군기가 바짝 들어 있었다. 물
론 침대는 선임이 쓰는 자리를 내 주었다. 아무도 거
기에서 자려고 하지 않았기 때문이다.

첫날 밤. 우리는 아무 소리도 듣지 못하고 아침을 맞이했다. 나는 속으로 간밤에 신참한테 별일이 없었나 보다며 다행스럽게 생각했다. 그다음 날도 그 다음 날도 군기가 바짝 든 신참병에게서 이상한 점은 발견되지 않았다. 나를 비롯한 다른 대원들은 혹시 이상한 꿈을 꾸지 않느냐고 물어보고 싶었지만, 모두들 꾹꾹 참고 있는 눈치였다.

그러던 어느 날, 취침 명령이 떨어지고 모두들 막 잠이 들려던 순간!

"으아아아아아아! 난 안 잘래!"

내무반이 떠내려갈 듯 비명을 지르며 신참병이 내무반에서 뛰쳐나갔다. 밖에서 불침번을 서던 병사마저 말릴 틈이 없이 연병장 쪽으로 달려간 신참병은 어둠 속에서 숨을 헐떡거리고 있었다.

겨우 진정시키고 이유를 물어 보니, 자대 배치 받은 이후 줄곧, 이상한 꿈을 꾸었다는 것이다. 아주 낡은 군복을 입은 일병 선임이 나타나서 자리를 비키라고 하고, 다리를 잡아끌며 침대에서 내쫓으려고도 했다는 것이다. 하지만 그런 악몽쯤으로 소란을 피우면 선임들에게 야단맞을 것 같아서 전혀 내색을 하지 못했다고 한다. 내무반은 일순 찬물을 끼얹은 듯 썰렁한 분위기에 휩싸였다.

그날 이후로 그 침대는 사용하지 않게 되었고, 더 이상 불미스런 일은 일어나지 않게 되었다.

내가 제대를 하고 친구들에게나 회사에서 군대 이야기를 할 때면 항상 이 이야기를 해 왔는데, 이야기를 할 때마다 조금씩 그 원인을 추적해 본 상상으로는 대개 이런 것이 아니었나 싶다.

새 건물이 지어지기 전에 공터였던 자리의 땅속에 2, 30년 전 어떤 알지 못할 이유로 죽은 어느 일병의 시신이 있었다. 그런데 새 건물을 지으면서 그 일병의 시신 위에 바로 그 침상이 놓이게 되었다. 억울하게 죽은 것도 서러운데, 자신의 시신 위에 무거운 것이 놓이자, 그 일병의 혼령이 나타나서 자신의 잠자리를 되찾으려고 했다.

나는 지금도 그런 상상을 하곤 한다.

제18화

이 병장의 장난

내가 근무한 곳은 강원도 춘천 시내에 위치한 정보계통의 부대였다. 밖에서 보면 무슨 관공서처럼 보이기 때문에 정문에서 경계를 서는 위병이나 '○◇□부대'라는 현판을 보기 전에는 군부대라는 걸알기가 쉽지 않다.

군대를 다녀온 사람들은 알겠지만 부대에서는 자신들이 맡은 보직 이외에도 주간과 야간에 경계 근무를 선다. 일반적으로 선임과 후임이 함께 초소에 투입되어 경계 근무를 하거나 일정 지역을 순시하는 동초를 서는데, 내가 근무했던 부대는 위병(부대 정문경계병)은 단기사병(일명 '방위')이 맡고 야간 동초근무는 현역병이 맡는다.

행정 업무를 하는 부대라 현역병의 수가 적었고 파

견 인원에 외박 및 휴가 인원 그리고 상황 인원을 제외하면 근무를 설 수 있는 인원이 많지 않았기 때문에 제대를 앞둔 말년 병장들은 주말엔 일직사관 양해 아래 말뚝근무(1번 근무부터 끝번까지)를 서곤 했다. 잠이 늘 부족한 후임들을 위한 배려였다.

제대를 한 달 가량 앞두고 있었으니, 아마 1월 중순 토요일이었을 것이다. 나는 여느 때처럼 말뚝근무를 가기 전에 내무반에 라면과 만두를 사 주고는 1번 초소부터 돌기 시작했다. 그날따라 함박눈이 내리고 있어서 한겨울이었지만 오히려 포근한 느낌이 들었고 쌓이는 눈 위에 뽀드득 뽀드득 소리를 내면서 발자국을 남기는 재미도 괜찮아서 콧노래를 흥얼거리며 순찰을 돌았다.

새벽 2시였을 것이다. 식당 앞을 지나가는데 불이 켜져 있었다. 누군가 하고 식당 창문 너머로 보았더니 아들놈(군번이 선임보다 1년 늦은 후임을 아들이라 함)이 자다가 목이 말랐는지 냉장고에서 찬물을 꺼내서 벌컥벌컥 들이켜고 있었다. 그냥 갈까 하다가 갑자기 장난기가 발동해서 모자를 벗고 창문 위로 고개를 쏘옥 내밀고는 얼굴에 손전등을 비추며 창문을 천천히 두드리기 시작했다.

톡· 톡· 톡· 톡······.

아들놈이 잠이 덜 깼는지 반응이 없었다. 잠시 후 소리가 난 창문으로 고개를 돌리다가 나와 눈이 마주쳤다. 그런데!!! 몇 초 간 쳐다보는 것 같더니 이 녀석이 그대로 뒤로 넘어가는 것이었다.

'아니, 이 녀석이 으악! 하고 놀라기만 할 줄 알았는데······.'

장난 한번 치다가 애 잡겠다 싶어서 식당으로 바로 들어가려는데, 일직병이 식당으로 들어오는 게 보였다. 우당탕하는 소리가 일직실까지 들려 알아보러 왔다고 한다. 일직병에게 식당 뒷문을 열라고 하고는 들어가 보니 아들 녀석이 완전히 큰대자로 뻗어 있었다.

녀석을 들쳐 업고는 내무반으로 와서 흔들어 깨웠더니 조금 있다가 정신을 차렸다. 다친 데 없냐는 물음에 괜찮다고 답하고는 나를 보면서 사시나무 떠는 듯한 모습이 안쓰럽기도 하고 미안하기도 했다.

"미안하다. 장난친 건데 네가 이렇게 놀랄 줄은 몰랐

다. 내일 너 좋아하는 자장면 사 줄 테니 잊어버리고 푹 자라."

내가 다시 근무 서려고 초소로 돌아가려는데 당직 병이 물었다.

"이 병장님 떨어뜨린 빨래 가지러 안 가십니까?"

"인마, 오밤중에 근무 서다 말고 웬 빨래야?"

"예? 어, 이상하다……?"

"쓸데없는 소리 말고 사관님께 내가 식당에 찬물 마시러 갔다가 넘어진 거라고 잘 말씀드려."

다음 날 일요일. 아들 녀석을 데리고 중국집에 갔다.

"짜식, 정말 놀랐나 보네. 내가 탕수육도 쏠 테니까 그만 화 풀어라, 응?"

자장면이라면 사족을 못 쓰는 녀석이 먹을 생각도 안 하고 자꾸 나만 쳐다보기에 소주 한 병 시켜서 따라주었더니 기다리고 있던 것처럼 단숨에 넉 잔을 들이켰다.

"너 술 먹고 싶어서 수 쓴 거지? 좋아! 내가 사관님께 잘 말씀드릴 테니 오랜만에 나하고 대작 한번 하자."

그러고는 한 병을 더 주문하면서 나도 한 잔 털어 넣었다. 그리고 짬뽕 국물을 들이키는데, 녀석이 입을 열었다.

"이 병장님 저 어제 이 병장님 장난 때문에 기절한 거 아닙니다."

"뭐? 그…… 그럼?"

"이 병장님 보곤 별로 안 무섭다고 그러면서 웃으려고 했는데 그때 보고 말았습니다."

"보긴 뭘 봐? 귀신이라도 본 거야? 짜식 싱겁긴……."

"이 병장님이 창문 너머로 저 보고 계실 때, 이 병장님 왼쪽 뺨 바로 옆에서 이 병장님을 쳐다보면서 씩 웃고 있던 여자를 말입니다……."

순간 들이키던 뜨거운 짬뽕 국물이 차가운 얼음덩어리처럼 온몸 구석구석 한기를 전해주는 느낌이 들었다.

"아냐……. 네가 놀래서 잘못 본 거 아니야?"

"아닙니다. 저도 처음엔 그런 줄 알았는데 분명히 보았습니다. 이 병장님 왼쪽 뺨에 자기 볼을 댈 듯이 가까이 붙어서 싸늘한 미소로 이 병장님을 쳐다보던 그 창백한 얼굴의 여자를……. 사람이 아니라는 생각이 드는 순간 정신을 잃은 겁니다……."

어이가 없었다. 남이 보았다는 여자를 바로 옆에 있던 나는 느끼지도 보지도 못했으니까 말이다. 자꾸 보았다고 우기는 녀석에게 세상에 귀신이 어디 있느냐고, 귀신이 있어도 우리 부대처럼 분위기 안 나는 곳에 나타날 리가 없다며 면박을 주고는 잘못 본 거니까 신경 쓰지 말라고 하면서 남아 있던 술을 마저 마신 후 부대로 복귀했다.

복귀 후 뭔가 생각나는 게 있어서 전날 일직을 섰던 후임에게 물어보았다.

"조 상병! 너, 어제 나한테 말했던 빨래가 어쩌고? 그게 무슨 소리야?"

"아 그거 말입니까? 어제 이 병장님이 뒷문 열라고 하시면서 뒷문으로 가실 때 왼쪽 어깨에 하얀색 옷 같은 걸 걸치고 계셨습니다. 창문을 통해서 본 거라 잘 안 보여서 전 그냥 눈 오니까 밖에 널어놓은 빨래 걷어 오신 줄 알았습니다. 그런데 바람에 날렸는지 휙 날아가기에 땅에 떨어뜨리고 그냥 들어오신 줄 알고 그거 주우시라고 말씀드린 건데…… 못 찾으셨습니까?"

헉……!

난 빨래를 걷어온 적도, 하얀 천 같은 걸 어깨에 걸친 적도 없는데, 한 녀석은 귀신을 봤다고 하고, 다른 녀석은 어깨에 뭘 걸치고 있었다고 하니……. 머릿속이 혼란스러웠다. 녀석들이 헛것을 본 건지, 내 옆에 정말 누군가가 있었던 건지.

그날 저녁도 말뚝근무를 나가는데 나도 사람인지라 소름이 돋고 두려운 마음이 생기는 건 어쩔 수 없었다. 그렇다고 말년 병장 체면에 무섭다고 자원한 근무 빼달라고 할 수도 없고…….

근무가 거의 끝날 때쯤 식당 창문가에 다시 가 보았다. 시간도 새벽 5시가 다 되었고 취사병들도 아침 준비를 하려고 들어오기 시작해서 두려움이 많이 가셨기 때문이다.

혹시 내가 무심코 지나친 느낌은 없었는지 생각을 하다가 문득 떠오르는 게 있었다. 아들 녀석이 나랑 눈이 마주쳤을 때 왼쪽 볼에서 느껴졌던 순간적인 싸늘한 느낌…… 갑자기 불어온 바람 때문에 그러려니 했지만 어제처럼 함박눈이 포근하게 내리는 날엔 그런 바람이 불지 않는다는 사실을…… 그 순간 온몸의 털들이 온통 곤두서는 느낌이 들었다.

제대한 지도 벌써 10년이 훨씬 지났지만, 아직도 그날 온몸에 퍼졌던 소름은 잊을 수가 없다. 내가 직접 두 눈으로 확인한 게 아니라서, 사실 그때 뭔가가 정말 내 옆에 있었는지도 확실치 않다. 다만, 지금도 옆에서 서늘한 바람이 불 때나 이상한 느낌이 들 때면 옆을 보기가 두려워진다. 혹시나 그 정체를 알 수 없는 여인이 내 곁에 있지 않을까? 하는 두려운 생각이 들기 때문이다.

제19화
흔들거리는 다리

나는 수송 부대에서 군 복무를 했다.

자대 배치를 받고 첫 번째 새벽 근무를 하던 중, 근무지 주변에서 이상하게도 음침한 기운이 감돌아 근무 내내 다리가 덜덜덜 떨리는 경험을 했다. 하지만 처음에는 군기 빠졌다고 선임들에게 야단맞을까 봐 아무 소리도 못하다가, 어느 정도 친해지고 몇 개월 후 부대 내 파티가 있던 날, 다들 기분이 좋아진 틈을 타서 슬쩍 물어 보니, 부대 내의 비밀스러운 이야기를 들려주었다.

K상병과 S일병이 새벽 근무를 서고 있는데, 배차실 쪽에서 뭔가 어른거리는 물체가 포착되었다고 한다. 처음에는 들고양이 정도로 생각했는데, 자세히 보니, 들고양이라면 어둠 속에도 빛이 나는 그 섬뜩

173

한 눈이 보여야 하는데, 그것이 보이지 않더라는 것이다. 그래서 자세히 살펴보니, K상병의 눈에 2.5톤 트럭 위에 누군가가 앉아서 다리를 흔들고 있는 모습이 포착된 것이다.

원래 야간 근무를 서면 주변이 모두 어둡기 때문에 헛것이 보이기 쉽다. 아무것도 아닌데도 무언가가 움직이는 것 같고 착시 현상으로 인해 사람이 아닌데도 사람처럼 보이는 일이 자주 있다고 한다. 그 때문에 K상병은 착시 현상이겠거니 하고 그냥 지나치려고 했지만, 분명 눈을 씻고 다시 봐도 착시 현상은 절대 아니었다고 한다. 누군가가 트럭 보닛 위에 앉아서 다리를 흔들거리며 앉아 있는 것이다.

그래도 확신이 서지 않은 K상병은 급히 자신의 후임을 불러 배차실 쪽을 보게 했다. 군기가 바짝 든 S일병은 한참을 살펴보더니 이윽고,

" 어? 이, 이상하네. 어? 어~어?"

하면서 자꾸 이상하단 말만 반복하더라는 것이다. K상병은 순간 불안한 생각이 온몸을 엄습했다고 한다. 그래서 낮은 목소리로 이렇게 물었다고 한다.

"너도 뭐가 보이지? 2.5톤 트럭 위에 누군가가 앉아 있는 거……, 너도 보이지?

"네. 보입니다. 다리를 흔들거리면서 앉아 있는 저 사람 말이죠?"

순간 두 사람의 뇌리에는 부대에서 전해 내려오는 괴담 중에서 배차실 귀신 이야기가 동시에 떠올랐다고 한다.

"그렇다면 저게 그 말로만 듣던 배차실 귀신이란 말인가?"

부들부들 떨리는 몸을 간신히 진정시키며 K상병은 속으로 어떻게 할 것인지를 생각했다고 한다. 새벽 야간 근무 때 신원 미상의 거수자 발견 시, 즉시 부대 상황실에 알리는 것이 기본인데, 저것이 진짜 귀신이라면 부대는 발칵 뒤집힐 것이고, 자신들은 엄청난 책임 추궁을 당할 것 같은 생각에 발만 동동 구르고 있었다고 한다. 하지만 당장 트럭 위에 있는 신원 미상의 존재에 대해서도 여간 신경 쓰이는 것이 아니었다. 가만 두자니 수칙 위반이요, 가서 확인하자니 잔뜩 겁이 나고……. K상병과 S일병은 1분이 한 시간

같은 시간을 보내고서야 근무 교대 시간을 맞이했다.

그런데 사건은 거기에서 터지고 말았다. 근무 교대를 하러 온 Y병장이 "별일 없었나?" 하며 묻고는 주위를 빙 둘러보다가 배차실 쪽을 기웃거리더니, 다짜고짜 이렇게 말하는 것이었다.

"야! 저어기, 배차실 트럭 위에 누가 있는 거 아냐? 혹시 모르니까 너희들이 확인하고 들어가! 실시!"

결국 틀키고 말았다고 생각한 K상병과 S일병은 하는 수 없이 배차실 쪽을 향해 걸어가기 시작했다. 초소에서 나와 배차실까지는 약 3, 40미터 정도인데, 배차실로 가는 길에서는 신원 미상자가 보이지 않았다. 어둠 속을 뚫고 배차실로 향하는 두 사람은 그야말로 지옥에라도 가는 것 같은 느낌이었다고 한다.

드디어 배차실 앞에 도착했다. 이제 담 하나만 돌아서면 문제의 바로 그 자리! 그때 두 사람은 심장이 얼어붙고 다리가 후들거려 죽는 줄 알았다고 했다. K상병은 그래도 선임이라고 S일병에게 먼저 확인하라는 소리를 죽어도 하기 싫더라고 그때의 상황을 이야기했다.

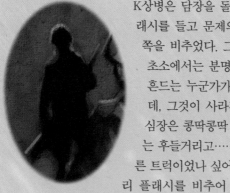

K상병은 담장을 돌자마자 플래시를 들고 문제의 그 트럭 쪽을 비추었다. 그런데……, 초소에서는 분명히 다리를 흔드는 누군가가 보였었는데, 그것이 사라진 것이다. 심장은 콩딱콩딱 뛰고 다리는 후들거리고……. 혹시 다른 트럭이었나 싶어서 이리저리 플래시를 비추어 보았지만, 결국 초소에서 보았던 신원 미상자는 발견되지 않았다. 두 사람은 안도의 한숨을 쉬며 내무반으로 돌아갔다.

그런데 다음 날 아침. 잠에서 깨자마자 Y병장이 이렇게 말하는 것이었다.

"야! 너네 어제 그 다리 떨고 있는 미상자 바로 코앞까지 가서 왜 그냥 갔냐?"

"예? 뭐, 뭐라구요?"

"어젯밤 거기에는 아무도 없어서 그냥 내무반으로 와

서 잤는데요."

K상병과 S일병은 있는 그대로 말하며, 자신들의 결백을 주장했다. 그런데 이어지는 Y병장의 말에 두 사람은 물론 내무반 병사들은 모두 얼어붙고 말았다.

"무슨 소리야! 너네 어제 분명히 그 다리 떨고 있는 미상자 바로 앞까지 갔단 말이야. 근데 니들이 플래시로 엉뚱한 데만 비추더니 그냥 내무반 쪽으로 가더라고! 나 무서워서 죽는 줄 알았잖냐!"

제 29 화

면회인

나는 포대로 배치를 받았는데, 내가 근무했던 포대는 도로에서 2, 30미터 떨어진 곳에 정문이 있었다. 부대 밖에서 정문을 바라보고 입구 오른쪽에는 면회소가 있었고, PX는 면회소와는 꽤 거리가 있는 곳에 있었다. 보통은 면회소와 PX가 가까이에 위치해 있는데, 좀 특이하게 운영된 곳이다. 이쯤 설명하면 그곳을 아는 사람은 어디인지 알 수 있을 법도 하다.

이 이야기는 내가 자대 배치를 받고 몇 개월이 지난 후에 벌어진 일이다.

때는 아직 찬바람이 완전히 가시지 않은 이른 봄이었다. 장마철도 아닌데 이상하게 비가 세차게 내렸다. 다른 해 같았으면 눈이라도 내릴 시기였지만, 그해는 일찍부터 날이 풀려 추적추적 찬비가 내렸다.

일요일이었지만, 하루 종일 면회인이 하나도 없었다. 이렇게 비가 오는 날에는 축구나 족구도 할 수 없어서 내무반에만 죽치고 있어야 하고, 신참들은 선임들의 신경을 건들지 않기 위해 조금은 눈치를 보아야 하는 그런 날이다. 이럴 때 면회인이라도 있으면 하다못해 통닭 한 점이라도 들어오는 경우가 있기 때문에 은근히 기다려지기도 했다.

바로 그날. 하루 종일 면회인이 없다가 해가 꼴딱 넘어가고 면회 종료 시간을 살짝 넘긴 즈음에 정문 저쪽 도로에 버스가 서더니 한 여자가 내리더라는 것이다. (나는 물론 내무반에 있었고, 이 상황은 당시 근무를 섰던 이 상병한테서 나중에 들은 이야기이다.) 그러고는 정문을 향해 허겁지겁 달려오더니, 이렇게 말하더라는 것이다.

"제가 차를 잘못 타서 늦었거든요. 박 일병 면회를 왔는데, 가능한가요?"

하얀색 바탕에 붉은 진달래 꽃무늬가 있는 원피스를 입은 여자는 먼 길을 왔는지 몹시 지쳐 보이고 얼굴이 상기되어 있었다고 했다. 지금 생각해 보면 얼굴이 상기되어 있었던 것이 아니라, 핏기가 없어서 창백했던 것이다.

시간 상 안 된다고 하자, 꼭 만나야 될 사연이 있다면서 끝끝내 버티더라는 것이다. 이미 날은 어두워졌는데, 돌아가지 않자 답답하게 생각한 정문 근무 대원은 근무 교대 시간이 다가오면서 속으로 이렇게 생각했다고 한다.

'이번 교대에는 어쩔 수 없지만, 다음 교대 때는 박 일병이 나오도록 해 봐야지. 그런데 미리 말했다가 박 일병이 못 나오게 되면 더 서운할 테니까, 그 말은 해 주지 말자. 만나게 되면 좋고 못 만나게 돼도 어쩔 수 없지 뭐. 혹시 알아? 지금 얼른 들어가서 박 일병에게 말해 주면 자기가 용을 써서라도 잠깐 나왔다 갈지?'

그런데 일이 안 되려고 그랬는지 박 일병은 부대장 지시로 행정반에 불려가 있어서 그나마 면회인이 와서 기다린다는 말을 전해 주지도 못했다고 한다. 그리고 두 시간이 흘러 다음 교대 시간이 되었지만, 행정반 일이 끝나지 않았기 때문에 근무가 대체되었다고 한다.

그리고……, 뒤늦게 그 사실을 알게 된 박 일병이 부리나케 정문으로 뛰어갔을 때, 그 여자는 이미 없었다고 한다. 그 일은 그렇게 끝나고 당시 근무를 서던 병사들의 기억에서 빠르게 잊혀 갔다.

그 일이 있은 지 한 달 정도가 지났을까? 이 상병이 야간 경계 근무를 나갔다. 정문에서 도로 쪽을 향해 경계 근무를 서고 있는데, 버스가 지나다니지 않는 시각인데, 버스 한 대가 2, 30미터 전방 도로에 정차를 하더라는 것이다. 그리고 버스가 다시 출발하자, 그 자리에 희끄무레한 무언가가 서 있더라는 것이다.

'……?? 뭐지? 사람인가? 이 한밤중에 웬…….'

그렇게 생각하는 순간, 이 상병은 머리카락이 곤두서며 옆에 있던 후임의 팔을 잡으며,

"야! 저, 저거, 뭐냐?"

　하고 물었다고 한다. 옆에 있던 후임은 이 상병이
가리키는 쪽을 유심히 살펴보더니,

　"그, 글쎄요? 사람 같기도 하고……."

　그렇게 대답한 순간, 그 하얀 물체가 이쪽을 향해
조금씩 다가왔다는 것이다. 이 상병과 후임은 바짝

긴장되어 총을 겨눴다. 그리고 가까이 오기를 기다렸다. 그런데 그 하얀 물체는 10미터 전방까지 왔다가는 다시 도로 쪽으로 돌아가는 것이다.

그런데 그때! 이 상병은 보고 말았다. 하얀 원피스에 새겨진 붉은색 진달래 꽃무늬를! 그리고 한 달 전, 면회를 왔다가 박 일병을 만나지 못하고 돌아간 그여자를 생각해냈다. 아니, 생각해낸 것이 아니라 자연스럽게 생각이 났다.

그리고 도로 쪽으로 뒤돌아선 그 여자는 고개를 돌려 부대 쪽을 바라보았는데, 이 상병의 눈에 그 여자의 표정이 정확하게 보이더라는 것이다. 하얗게 질려 창백한 얼굴에 원망이 가득찬 그 눈빛이! 깊은 밤이라서 그렇게 표정이 정확하게 보일 리가 없는데도, 너무나 또렷하게 그 표정을 보아 버린 이 상병은 그때부터 숨이 멎는 것처럼 답답하고 온몸이 부들부들 떨리더라는 것이다.

그리고 여자가 도로에 올라섰을 때, 이 상병은 "위험해요!" 하고 소리를 질렀다. 도로를 달려오던 트럭에 그만 그 여자가 치이고 만 것이다. 그런데 이상한 것은, 사람을 친 트럭이 멈춰서려고도 하지 않고 그냥 지나가 버렸다고 했다. 이 상병, 그리고 함께 근무를 서던 후임은 순식간에 벌어진 일에 당황한 나머지 어찌할 바를 모르고 잠시 넋이 나간 듯 서 있었는데, 이 상병이 먼저 정신을 차리고는 덜덜덜 떨며 멍하니 도로 쪽을 바라보고 있는 후임의 뺨을 때려, 정신을 차리게 한 뒤,

"야! 빨리 상황실에 보고해! 난 저리로 갈게!"

하고 소리쳤다. 하지만 계속 처음부터 보던 곳만 멍하니 바라보고 있던 후임은 계속 덜덜덜 떨며,

"이……, 이 상병님! 자……, 잠깐만요. 저, 저거!"

하며 손으로 도로 쪽을 가리켰다. 그랬더니 거기에는 하얀 원피스를 입은 여자가 아무 일도 없었다는 듯이 도로 위에 서서 다시 이쪽을 향해 다가오고 있었다. 그 광경을 본 이 상병과 후임은 부리나케 정문 초소 안으로 들어가, 다음 교대조가 올 때까지 나오지 못했다고 한다.

한참이 지난 후 교대조가 나왔고, 이 상병은 내무반으로 돌아와 아무 소리도 하지 못하고 잠을 청했다

고 한다.

다음 날 아침, 이 상병은 지난밤에 있었던 일을 박 일병에게 이야기하며, 한 달 전에 면회 왔던 그 여자에 대해 물었다고 한다. 그러자 박 일병은 그 후 연락이 닿지 않아 그녀의 소식을 모른다고 했다.

그리고 그날 이후, 정문 경계 근무 중 비슷한 모습의 여자를 보았다는 병사들이 나오면서 부대 안에는 알지 못할 불안감이 드리워져 있었다. 다행히 나는 그 여자를 보지 않았기 때문에 극도의 공포를 느끼지는 못했지만, 그래도 항상 불안한 마음으로 군생활을 했던 기억이 있다.

그런 일이 있은 몇 개월 후, 박 일병이 외박을 다녀와서는 이런 이야기를 했다.

그녀와 박 일병은 서로 사랑하는 사이였는데, 박 일병이 군에 입대할 때 중병에 걸려 입원을 해 있는 상태였고, 그 사건이 있던 날, 그녀는 병상에서 숨을 거두었다고 한다. 그런데 그녀의 식구들은 박 일병과 그녀의 관계를 자세히 알지 못해 그녀의 죽음을 알리지도 못했다고 한다.

그러니까 처음 그 여자가 나타났을 때부터 이미 그 여자는 이 세상 사람이 아니었다는 결론이다. 박일병은 그 후로 술만 마시면 이런 이야기를 했다고 한다.

"걔가 병원에서 숨을 거두고 하늘나라로 가기 전에 마지막으로 나를 보러 온 건데, 난 만나지도 못했으니, 얼마나 나를 원망하겠습니까?"

제21화

공포의 GP 2

　　　이 이야기는 최전방 GP 근무 시절 내가 직접 경험한 일이다.

　이상한 일이 자주 발생한다던 그 GP에는 우리 부대와 타 부대가 몇 달에 한 번씩 번갈아 가며 초소 근무를 섰는데, 해당 GP 근무 시기만 오면 병사들의 사기는 절로 땅에 떨어졌다. 그도 그럴 것이 꼭 한 번은 섬뜩한 일이 발생하고, 그로 인해 정신적으로 충격을 받는 병사들이 생기기 때문이다.

　하지만 그렇다고 무슨 물리적인 큰 사고가 나는 것도 아니어서, 본부 차원에서도 별다른 대책을 세우지 못하고 있었다.

　참 재수 없게도 내가 GP 내에서도 사고가 자주 발

생한다는 초소에 새벽 경계 근무를 서게 된 날은 유난히도 비가 억수같이 내리고 있었다. 뿐만 아니라 번개가 번쩍이며 곧이어 낙뢰도 칠 것같이 거칠었다. 고가 초소는 초소 중 가장 높은 초소로 2층 이상 높이로 설치되어 철재로 된 계단을 올라가도록 설계되어 있었다. 그래서 계단을 오를 때면 '탕-탕-탕' 하는 소리가 항상 들려왔다. 그런데 그 소리가, 내가 올라갈 갈 때는 잘 모르겠는데, 교대 근무를 온다든지 불시 순찰자가 올라올 때의 소리는 왠지 기분 나쁜 울림을 자아내곤 했다.

그날 나와 함께 고가 초소 근무를 섰던 사람은 최 병장이었다. 마침 그날 갑작스럽게 쏟아진 비 때문에 방수 작업을 하느라 주간에 힘이 들었던 나와 최 병장은 말없이 서 있다 깜빡 잠이 들고 말았다.

쾅-!!!

최 병장과 나는 깜짝 놀라 눈을 떴다. 천둥소리였다. 이 정도 상황이면 어쩌면 낙뢰조치가 이루어져 고가 초소 병력을 철수시키는 호재가 찾아올 수도 있다. 그래서 잔뜩 기대하고 있는데……

탕~ 탕~ 탕~!

아니나 다를까 한 20여 분이 지나자 누군가가 계단을 서두르지 않고 천천히 올라오고 있었다. 앉아 있던 최 병장은 벌떡 일어났다. 근무 교대 시간이 아니므로 이 시간대에 올라온다면 소대장 아니면 부소대장일 것이기 때문이다. 아마도 철수를 전하러 온 것이라고 생각했다.

탕~ 탕~ 탁!

계단 소리가 문 앞에서 그쳤다. 나는 문을 열며 관등성명을 댔다.

"근무자 이병 황**입니다."

그런데……, 헉!!!

문 밖에는 아무도 없는 것이었다. 혹시 누군가 장난치나 싶어 옆에 있는 빈 공간으로 고개를 내밀었지만 역시 아무도 없었다. 나는 초소 안으로 들어와 문을 닫으며 최 병장에게 아무도 없다고 말했다. 분명 누군가 올라오는 발자국 소리였고 숨을 곳은 없

었다. 최 병장과 내가 서로 쳐다보며 아무 말 없이 의아해하고 있을 때, 갑자기 초소 밖에서 소리가 울려퍼졌다. 온몸에 소름이 쫙 돋으며 몸서리를 치고 있는 순간!

탕탕탕탕탕탕탕!

다시 철제 계단 소리가 들렸다. 멀어지는 소리로 짐작컨대 누군가가 계단을 뛰어 내려가고 있었다. 하지만 우리에겐 아무것도 보이지 않았다. 공포의 GP 근무 시간은 그렇게 무섭게 이어졌다.

이틀 뒤, 나는 휴가로 인해 GP에서 철수했다. 하지

만 이후에도 GP에 대한 괴담은 끊이질 않았다. 전역하기 1주일 전에도 중대장마저 귀신을 봤다고 했다.

새벽 1시경, 근무자들이 각자의 초소로 투입됐을 때였다고 한다. 휴게실에서 나와 초소를 살피던 중대장이 2초소에 멈춰 섰다.

"거기 누구야?"

옆에 설치된 1초소 근무자들이 자기들을 부르는 줄 알고 고개를 내밀었다고 한다.

"야, 거기 누구냐니까?"

1초소에 있던 병력들은 고개를 갸우뚱거렸다. 중대장이 2초소를 보며 소리치고 있었던 것이다.

"중대장님."

"야! 2초소 지금 누구야?"

"지금 2초소 투입 안 했습니다."

중대장이 1초소를 바라보며 손가락으로 2초소를 가리켰다.

"야, 그럼 저기 나 쳐다보고 있는 놈들은 누구야?"

물론 중대장이 직접 2초소에 들어갔을 때 그곳에는 아무도 없었다. 중대장은 얼굴이 새파래져서 부랴부랴 철수했다고 한다.

현재 XX1GP는 무사고 상태에서 북한군에 맞서 항시 철통 경계를 수행해 나가고 있으며, 괴담은 이후로도 끊이지 않고 있지만, 부대 위상을 생각해 입밖에도 내지 않는다고 한다. 하지만 다들 GP에 무언가가 있다고는 믿어 의심치 않는다. 1GP가 세워진 자리는 38도선을 긋기 전 한 치의 땅이라도 더 얻기 위해 전쟁의 마지막 접전을 벌인 수많은 위령들이 묻혀 있는 고지 위에 세워져 있기 때문이다.

제 22 화
가스실의 주검

군대 갔다 온 사람들은 다 알겠지만, 화생방 훈련이라는 것이 있다. 생물학전과 방사능전 등을 전제로 방독면 착용 및 방독면 미착용 시에 따른 훈련을 하는 것이다.

그런데 이게 한번 가스실에 들어갔다 나오면 눈물이며 콧물이며 난리가 아니고 피부도 따끔거리고 끊임없이 재채기가 나는 등 그 고통이 이만저만이 아니다. 화생방 훈련 자체가 그야말로 무서운 이야기가 된다.

내가 화생방 훈련을 처음 받는 날이었다. 선임들에게서 이런 저런 요령을 들었던 터라 나름대로 자신감이 있었다. 가장 중요한 것은 눈이나 코가 가렵다고 절대 얼굴을 문지르지 말 것!

일곱 명씩 순서를 기다렸다. 그런데 불행하게도 내가 마지막에서 두 번째 줄에 있었다. 앞에서 화생방 훈련을 마치고 뛰쳐나오는 병사들을 지켜보아야 하는 일은 정말 싫었다. 매도 먼저 맞는 놈이 낫다는 말을 실감한 때였다.

드디어 우리 바로 앞 조가 가스실로 들어갔다. 나는 걱정 반 기대 반으로 앞줄의 화생방 훈련이 끝나기를 기다렸다. 몇 분이 지나자 가스실 문이 열리고 병사들이 일제히 뛰쳐나왔다.

그런데 다음 순간 이상한 일이 벌어졌다. 방금 가스실에서 나온 조 이병이 가스실을 가리키며 이렇게 소리치는 것이었다.

"빨리, 데리고 나와야죠! 빨리요! 쓰러져 정신을 잃었잖아요! 빨리!"

우리 모두 처음에는 누가 가스실에서 쓰러진 줄 알았는데, 그렇게 생각한 순간 우리 눈앞에 가스실에 들어갔던 일곱 명이 모두 있는 것을 확인할 수 있었다. 바로 그때, 조교가 얼굴을 찡그러뜨리며 소리쳤다.

"야! 조 이병! 무슨 소리야? 안에 누가 쓰러졌다는 거야? 이 새끼, 정신 똑바로 못 차려!"

우리는 모두 한바탕 웃으며 파랗게 질려 있는 조 이병을 향해 손가락질을 날렸다.

상황이 진정되자, 드디어 우리 조가 들어갈 차례이다. 방독면을 착용하자 벌써 코가 간질간질거리는 것 같았다.

'휴우 이제 몇 분 동안은 죽었구나!'

가스실에 들어갈 때만 해도 가스에 대한 공포 외에는 달리 생각이 없었다. 그리고 입실!

가스가 살포되고 2, 3분 후, 방독면 벗으라는 명령이 내려졌다. 꼼지락거리면 어차피 제일 늦게 벗는 사람 기준으로 시간을 잰다는 말이 있었기 때문에 모두들 동작도 빠르게 방독면을 벗었다. 나도 남들에게 뒤질세라 서둘러 방독면을 벗었다.

그런데 나는 방독면을 빨리 벗는 것까지는 좋았는데, 그만 숨을 들이마시지 못한 상태에서 방독면을 벗고 만 것이다. 최대한 숨을 들이마시고는 조금씩 내뱉으면서 숨을 쉬어야 최소한의 피해만 입을 수 있는데 말이다.

흡!

가쁜 숨을 참지 못하고 숨을 들이마신 순간! 가슴 한 가운데가 턱 막히면서 정신이 몽롱해졌다. 그리고 나는 가슴을 쥐고 바닥에 무릎을 꿇었다. 눈을 꼭 감은 채 얼마를 버티는데, 내 옆에 있는 녀석도 풀썩 주저앉는 소리가 들렸다. 나는 속으로 '이놈도 호흡 작전에 실패했구나!' 하고 생각하며 눈을 살짝 뜨고는 옆을 보았다. 그런데 그것이 또 화근이 되었다. 옆 사람을 보느라고 눈을 떴다가 몇 번 깜빡이는 사이에 가스가 눈에 들어갔는지 눈이 너무나 따끔거리며 눈물이 나는 것이었다. 들은 말은 있어서 가려운 눈을 비빌 수도 없고 괴로워하고 있는데, 주저앉았던 옆 사람이 완전히 쓰러져서 정신을 잃은 것처럼 꼼짝도 하지 않는 것이었다.

　나는 얼른 고개를 들어 주위를 둘러보았다. 조교를 찾기 위해서였다. 하지만 눈물이 계속 나와서 얼른 눈을 뜰 수가 없었다. 다시 고개를 숙이고 가늘게 눈을 뜨고는 쓰러진 병사를 바라보았다.

　순간! 나는 그만 숨이 멎는 것 같았다. 쓰러져서 꼼짝도 안 하는 그 병사는 우리 조에 속한 병사가 아니었다. 더욱더 놀라운 건 그의 얼굴은 형체를 알아볼 수 없을 정도로 부패해 얼굴은 썩어 있었고, 입에서

는 수많은 바퀴벌레가 기어 나오고 있었다. 또한 기분 나쁜 미소로 나를 응시하고 있는 것이 아닌가! 나는 얼른 일어나 눈을 꼭 감고 뻑뻑해진 뒷덜미에 힘을 주면서 얼른 시간이 흘러가 주기만을 기다렸다. 이윽고 가스실 문이 열리고 밖으로 뛰쳐나왔다. 하지만 나는 그 말을 할 수가 없었다. 안에는 아무도 없었기 때문이다.

그때, 우리 앞 조의 조 이병과 내가 본 그 가스실의 병사는 누구였을까? 몇 개월 후 들은 소문으로는 훈련 준비를 하던 한 조교가 가스실에서 화재로 목숨을 잃었다고 한다. 그럼, 그때 본 것이 그 조교의 혼령이었을까……?

제 3 부

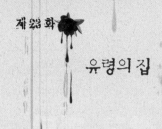

유령의 집

이것은 내가 미국에 유학 갔을 때, 미국 친구가 나에게 해 준 이야기이다. 그 미국 친구의 누나가 고등학교 다닐 때 실제로 겪었던 이야기라고 한다.

그 고등학교에는 '유령 서클'이라는 것이 있었는데, 매년 교내 축제 기간에 '유령의 집' 행사를 한다고 한다. 그 유령 서클에 가입한 한 여학생이 있었는데, 일하는 것이 서툴러서 선배나 동급생들에게서 항상 구박이나 따돌림을 받았다고 한다. 그런데 이상한 것은 그 여학생은 그렇게 구박을 받으면서도 싫어하는 기색 한번 하지 않았다는 것이다.

그해 축제 기간에도 유령의 집 행사를 준비하는데, 유령의 집은 학교의 허름한 창고를 빌려 거기에 갖가지 무서운 장치를 해 놓고 축제 기간 내내 일정한 금

액을 받고 관람을 하게 하는 것이다.

유령의 집 행사 준비는 서클 회원이 각자 하나씩 구역을 맡아서 아이디어를 짜내 설치하도록 되어 있다고 한다. 그리고 그 구역은 실력이 좋은 회원일수록 뒤쪽에 배정을 받아서 관람객들이 뒤로 갈수록 무서움을 더 느끼게 하는 것이라고 한다.

그런데 그해에 따돌림만 당하던 그 여학생이 제일

마지막 구역을 맡겠다고 바득바득 우겼다고 한다. 아무리 달래고 얼러도 무턱대고 고집을 부리는 바람에 선배들은 만약 제일 무섭게 만들지 못하면 회원 자격을 박탈하는 것은 물론이고, 혹독한 벌도 받겠다는 다짐까지 받은 뒤에야 허락했다고 한다.

축제일이 얼마 남지 않은 어느 날, 유령 서클 회장은 유령의 집 준비 상황을 점검했다고 한다. 그런데 마지막 구역을 배정받은 그 여학생은 자기가 맡은 구역에 하얀색 페인트칠을 한 벽만 하나 달랑 세워놓은 채 아무 준비도 되어 있지 않았다고 한다.

"애, 너 지금 이렇게 무책임하게 해도 되는 거야? 이제 며칠 후면 축제가 시작되는데, 아직도 이 모양이면 어떻게 하니?"

회장을 비롯한 회원들은 한편으로는 걱정하면서도 한편으로는 그 여학생을 심하게 비난했다고 한다. 그러자 그 여학생은,

"제일 무섭게 하면 되잖아요!"

하며 울먹이고는 원망스런 눈빛으로 선후배들을

둘러보았다고 한다. 그런데 그 눈
빛이 이상스레 무섭게 느껴지더
라는 것이다. 마치 금방이라도 할
퀴고 달려들 것 같은 그 강렬한
눈빛에 놀란 회원들은 쭈뼛쭈뼛 자리를 피
했다고 한다.

　그런 일이 있고 며칠 뒤, 축제 바로 전날이 되었다.
마지막 점검을 한다고 모든 회원이 모였다. 그런데
그 여학생이 맡은 마지막 구역에는 여전히 하얀 벽
만 세워진 채였다고 한다. 한 가지 덧붙여진 것이 있
다면 하얀 벽 맞은편에 강렬한 빛을 내는 할로겐 전
등이 설치되었다는 점이다. 그리고 사람이 그 구역으
로 들어서면 그 할로겐 전등이 자동으로 켜지는 장
치가 되어 있는 것이 전부였다고 한다. 모든 회원은
실망에 실망을 금치 못했고, 행사가 잘못 되었을 때
어떻게 혼내줄까를 생각하며 각자의 구역으로 마무
리 작업을 하기 위해 흩어졌다고 한다.

　그리고 밤늦은 시각, 마지막으로 준비를 마친 한
남학생이 막 문을 잠그고 나가려는 순간, 어디선가
그 여학생이 나타나 열쇠를 달라고 했다고 한다.

원래 유령의 집 행사는 모든 준비가 끝나면 문을 잠그게 되고, 그 이후로 축제가 시작되고 유령의 집이 개관할 때까지는 아무도 들어갈 수 없는 것이 규칙이었다고 한다. 그래야 비밀 유지도 되고, 더욱 재미있고 무서운 행사가 되기 때문이다. 그런데 마지막에 그 여학생이 일이 아직 덜 끝났다며 열쇠를 달라고 한 것이다.

자기가 나올 때 마지막 구역이 아직도 하얀색 벽 이외에 아무것도 준비된 것이 없는 것을 확인한 그 남학생은 비웃는 표정과 함께 그 여학생에게 열쇠를 넘겨주고 집으로 돌아갔다고 한다.

드디어 축제가 시작되는 날. 유령 서클 회장은 자기가 가지고 있던 열쇠로 유령의 집을 개방하고는, 이미 수십 미터나 줄을 선 관람객에게 입장료를 받고 한 사람씩 들여보냈다고 한다. 그런데 그 첫 번째 손님이 바로 내 미국 친구의 누나였다고 한다.

유령의 집에 들어가니 약간 어두운 조명이 비치는

통로가 이어져 있었다. 통로를 따라가다 보면 위나 아래 또는 양옆에서 무서운 장치들이 튀어나오거나 끔찍하게 들리는 비명이 터져 나오는 등 제법 잘 준비된 구역들이 이어졌다고 한다. 그리고 클라이맥스인 마지막 구역 앞에 섰는데, 그곳은 조명하나 없이 캄캄한 어둠 속이었다고 한다. 그리고 푯말이 두 개서 있는데, 각각 이렇게 적혀 있었다고 한다.

'용기 없는 자는 왼쪽으로 가고, 용기 있는 자는 오른쪽으로 가시오! 왼쪽은 밖으로 나가는 출구입니다.'

'한 사람씩만 들어가되, 앞에 들어간 사람의 비명 소리가 들리기 전에는 오른쪽으로 들어가지 마시오!'

그래서 함께 들어갔던 누나의 친구는 남고 누나 혼자서만 먼저 들어갔다고 한다. 먼저 오른쪽으로 방향을 잡고 어둠 속으로 손을 내밀어 무언가에 부딪히지 않도록 조심하면서 몇 걸음 나아가자, 검정 암막 커튼이 손에 잡혔다고 한다. 두근거리는 가슴을 억누르며 커튼을 젖히자, 아주 약한 조명이 켜 있고, 다시두 걸음 정도의 거리를 두고 암막 커튼이 쳐져 있었다고 한다. 그래서 다시 앞으로 나아가며 커튼을 젖히고 마지막 구역에 들어섰다.

그러자 어둡던 구역에 밝은 할로겐 전등이 켜지면서 하얀 벽을 비춘 순간! 친구의 누나는 그 자리에서 주저앉으며 비명을 질러댔다고 한다.

그 하얀 벽에는 벌거벗고 피범벅이 된 두 사람이 목을 매단 채 걸려 있었다고 한다.

놀라운 사실은 그중 한 사람은 그 구역을 맡았던 여학생이었다고 한다. 또 한 사람은 평소에 그녀를 가장 혹독하게 대하던 선배 여학생이었다고 한다. 그리고 그 선배 여학생은 눈을 감고 있었지만, 그 구역을 맡았던 여학생은 두 눈을 부릅뜨고 친구의 누나를 노려보는 자세로 되어 있었다는 것이다. 그 노려보는 눈빛이 얼마나 강렬한지, 이미 죽어 있는 사람임에도 불구하고 마치 살아 있는 사람 같았다는 것이다.

그 끔찍한 현장이 있는 유령의 집은 곧바로 폐쇄되었고, 그 고등학교의 유령 서

클은 그 이후 사라졌다고 한다. 그건 그렇고, 그 여학생은 어떻게 그런 끔찍한 일을 꾸몄을까? 이야기를 다 듣고 난 후, 그 여학생의 잔혹함과 그 하얀색 벽의 광경이 머릿속에 그려져서 한동안 그 미국 친구조차 만나지 않았던 기억이 아직도 생생하다.

제24화

어느 죽음

초등학교 때 일이다. 민호라는 아이가 전학
을 왔다. 키가 작고 연약했으며 작은 일에도 울기를
잘했다. 그래서 아이들은 민호를 자주 놀려댔다. 지
금으로 말하면 왕따 비슷한 것을 시킨 셈이다.

그런데 이상한 것은 흔히 친구끼리 하는 놀림 같
은 것에는 걸핏하면 울었는데, 진짜 왕따에게나 하
는 장난, 예를 들면 선생님이 숙제를 검사할 때 공책
을 숨겨서 손바닥을 맞게 한다든지, 체육복으로 갈아
입을 때 옷을 빼앗아 달아나서 속옷만 입고 교실에서
못 나오게 하는 등의 장난을 칠 때면 전혀 울지 않을
뿐 아니라, 무표정하게 놀린 아이들을 바라보는 눈빛
이 가끔은 서늘하게 느껴질 정도로 무반응이었다. 그
렇다고 선생님께 고자질도 하지 않았다. 그런 민호의
태도에 같은 반 아이들은 차츰 장난을 치지 않게 되

었다.

그런데 민호는 학교에 나오지 않는 날이 많았다. 그런 날이면 누군가가 그날의 급식을 가져다주어야 했는데, 마침 우리 집을 가는 길에 조금만 돌아가면 민호네 집이 있었기 때문에 그 일을 내가 하게 되었다.

민호는 부모님이 안 계셨다. 대신 할머니 혼자서 민호를 보살피고 계셨다. 내가 민호네 집에 갈 때면, 대부분은 할머니께서 나오셔서 급식을 받곤 하셨다. 할머니는 안으로 들어오라고 하셨지만, 나는 민호네 집에 들어가지는 않았다. 들어가서 안 될 건 없었지만, 왠지 들어가고 싶지 않았다. 뭐라고 설명하기 어려운 그런 분위기가 있었다.

어느 날이었다. 그날도 민호가 오지 않았다. 나는 괜히 짜증이 났다. 또 민호네 집을 들렀다 가야 한다는 사실이 싫었다. 그래서 그날은 민호네 집에 가지 않았다. 그런데 그다음 날도 민호는 학교에 오지 않았다. 연속해서 두 번 빠지는 일은 거의 없었는데, 이상한 생각이 들었다. 그래서 그날도 민호네 집에 가야 했지만, 나는 또 가지 않았다. 아니, 정말 가기가 싫었다. 사실은 집을 잠시 돌아가야 한다는 사실이 싫었다기보다는 민호네 집에 들르는 일 자체가 왠지 모르게 꺼려졌다. 그 집 안에서 풍겨 나오는 이상한 느낌!

다음 날도 민호는 학교에 오지 않았다. 선생님께서 나에게 물으셨다.

"민호, 어디 아픈 건 아니니?"

민호네 집에는 전화가 없었기 때문에 선생님은 전화도 할 수 없었다.

"아니오, 별로……."

그런 나의 대답에 선생님은 고개를 끄덕이시고는 살짝 미소를 지으시며 이렇게 말씀하셨다.

"미안하지만, 오늘은 어디가 아픈지도 물어 보고 올래?"

나는 오늘은 가지 않을 수 없다는 사실에 짜증이 났지만, 한편으로는 미안한 마음도 들고 해서 민호네 집에 들르기로 했다.

　민호네 집에 도착해 보니, 민호 할머니는 계시지 않았다. 대신 민호가 핼쑥한 얼굴로 나를 맞이했다. 내가 급식을 주면서 어디 아프냐고 묻자 민호는 그렇지 않다고 대답했다. 나는 안심하고 집에 가려고 하는데, 민호가 잠깐 놀다가 가라고 했다. 싫다고 말하려고 하는데, 민호의 표정이 싫다고 말하기 힘들게 이상한 힘을 발휘했다. 그래서 그날은 한 시간만 놀다가 집으로 갔다.

　다음 날도 민호는 학교에 오지 않았다. 선생님께서 물으셨다.

　"민호 어디 아픈 건 아니지?"

　"얼굴이 좀 안 좋았어요. 그리고 할머니도 안 계시던데……."

　내가 그렇게 대답하자, 선생님께서는 오늘도 수고해 달라며 머리를 쓰다듬어 주셨다. 민호네 집에 가자, 민호는 어제보다 더 핼쑥한 얼굴이 되어 있었다. 그러고는 나를 보자 놀다 가라고 했다. 그 이상스러운 표정을 지으며⋯⋯.

나는 할 수 없이 민호를 따라 집으로 들어갔다. 민호는 어제와는 다른 방으로 나를 안내했다. 방에 들어가니 평소에 내가 갖고 싶어하던 장난감이 방안 가득 널려 있었다. 나는 시간 가는 줄 모르게 민호와 함께 놀다가 저녁밥을 먹을 때가 넘어서 집에 도착했다.

다음 날도 민호는 학교에 오지 않았다. 선생님은 또 나에게 민호의 상태를 물으셨고, 나는 그렇게 많이 아픈 것 같지는 않다고 했다. 그랬더니 선생님은 오늘은 직접 가겠다고 하셨다.

그리고 그다음 날이었다. 민호는 여전히 학교에 오지 않았고, 대신 선생님께서 나를 교무실로 부르셨다. 그리고 이렇게 물으셨다.

"너, 어제 그리고 그저께 분명 민호네 집에 갔었니? 사실대로 말해야 한다."

"그럼요, 선생님."

선생님은 두 번 정도 더 나에게 다짐을 하듯 물으
셨고, 나는 사실대로 말씀 드렸다. 하지만 선생님은
좀처럼 믿으려 하지 않으셨다. 그래서 나는 물론 그
전에 몇 번 가지 않은 사실을 말씀 드리고 잘못했다
고 용서를 빈 후, 하지만 분명 어제와 그저께는 민호
네 집에 가서 놀고 온 이야기까지 말씀드리자, 선생
님은 우리 집으로 전화를 하고 나서야 믿어 주셨다.
그러고는 나에게 그만 교실로 돌아가도 좋다고 말씀
하셨다.

나는 얼른 교실로 돌아왔고, 선생님께서도 내 뒤를
따라 교실로 들어오셨다. 그리고 이렇게 말씀하셨다.

"애들아, 안녕! 음……, 오늘은 슬픈 소식을 전해야겠
구나. 민호가 학교에 못 나온 것은 그동안 병이 들어서 너
무나 아파하다가 하늘나라로 갔기 때문이란다. 우리 모두
민호의 행복을 빌어주자꾸나."

선생님은 그렇게 말씀하시면서 눈물을 흘리셨다.
그리고 그날 학교에서는 민호의 죽음에 대해 이야기
가 오고 갔다. 그런데 아이들은 민호의 죽음에 대해
서는 나와 함께 말을 하려 하지 않았다. 그러다가 나
는 아이들이 자기네끼리 민호의 죽음에 대해 이야기

하는 것을 들었다.

"야! 민호가 죽은 지 벌써 3일이나 되었다는데 말이야,
○◇는 어제랑 그저께 어떻게 민호랑 놀다가 집에 갔다는
말이야? 걔 순전히 거짓말쟁이였나 봐. 그렇게 안 봤는데
말이야."

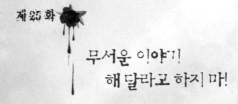

제 25 화

무서운 이야기
해 달라고 하지 마!

내가 고등학교 다닐 때 있었던 일이다.

때는 5월 말쯤인가, 6월 초쯤인가? 장마철로 접어
들면서 비가 오는 날이 많은 때였다. 그날도 아마 아
침 뉴스에서 비가 많이 올 거라는 일기예보가 있었던
것 같다. 점심을 먹고 오후 시간은 수준별 수업을 하
는 시간이었다. 우등반이었던 나는 3반 교실로 갔다.
당시 우등반은 1반부터 3반까지 배정받았는데, 3반
은 마지막 반이었기 때문에 자리가 서너 개 남아 있
곤 했다.

5교시가 시작되자, 갑자기 하늘에서 천둥이 치기
시작하더니 빗방울이 떨어졌다. 더위 때문에 열어 둔
창문으로 빗방울이 들어왔다. 그래서 얼른 창문을 닫
았는데, 뒤이어서 구름이 새까맣게 하늘을 뒤덮었다.

이런 경험은 중학교에 다닐 때 한 번 겪어 보고는 몇 년만에 처음인 것 같았다.

분위기가 그러니 수업이 제대로 될 리가 없었다. 그러자 아이들은 선생님을 조르기 시작했다.

"선생님~, 무서운 이야기해 주세요."

그때 수업이 수학 시간이었는데, 수학 선생님은 50대 초반의 약간 나이가 드신 분이었다.

"요 녀석들! 고3이라는 녀석들이 공부 생각은 안 하고, 마음이 콩밭에 가 있구나! 책 펴!"

하지만 우리는 선생님의 협박성 소리는 들은 척도 안 하고 계속 졸라댔다. 우리가 그렇게 할 수 있었던 것은 그 수학 선생님은 나이 드신 분답지 않게 우리들 마음을 잘 알아주시는 선생님으로 통하고 있었을 뿐 아니라, 선생님도 옛날 군대 다니던 시절의 경험을 재미있게 이야기하는 것을 좋아하셨기 때문이다.

수학 선생님은 대학 시절 전공이 수학이었기 때문에, 포병으로 군복무를 하셨다고 했다. 그날도 군대 다닐 때 있었던 이야기라면서 슬슬 분위기를 잡아가셨다. 다음은 수학 선생님께서 해 주신 이야기이다.

내가 훈련병 생활을 마치고 자대 배치를 받은 지 얼마 안 되었을 때였어. 밤에는 초소에서 근무를 서거든. 대개는 신참하고 선임이 한 조가 되어서 근무를 서게 되는 거야. 아마 그날도 이맘 때였던 것 같다. 이렇게 비가 많이 내리고 바람이 아주 거셌지. 참! 시간은 새벽 1시쯤 되었을 거야. 으이그! 아주 그 때 일만 생각하면 지금도 몸서리가 쳐져.

요즘 애들은 어떨지 모르겠지만, 그때는 야간 근무를 서면 꼭 선임이 옆에서 잠을 자요. 자면서 누가 오면 빨리 깨우라고 하거든. 그런데 그날은 선임이 한 마디를 덧붙이더라고.

"오늘 같이 비오는 날은 이상한 것이 자주 보이니까 정신 똑바로 차려! 알겠나!"

아, 그 말을 들으니까 이제 막 자대 배치 받은 내 마음이 어땠겠어. 왠지 다른 날보다 많이 떨리더라고. 그래도 농담이겠거니 생각하고 근무를 서고 있는데, 그만 깜빡 선잠이 들었던 모양이야. 왜 전철 안에서 서 있는데도 잠깐 잠깐 잠이 드는 거 있잖아. 그런데 앞쪽에 '바스락!' 하는 소리가 나는 거야. 순간적으로 나는 정신을 바짝 차려서 앞쪽을 바라보았어. 비는 오지, 바람은 불지, 한밤중이라 어둡지, 뭐가 잘 보이겠니? 하지만 이미 정신이 말똥말똥해서 앞을 이리저리 보고 있는데, 한 2, 30미터 전방에서 희끗희끗한 것이 싹! 보였다 안 보였다 하는 거야. 그것을 본 순간 머리털이 곤두서면서 가슴이 콩닥콩닥 뛰더라고.

　나는 무서워서 "이 상병님, 이 상병님!" 하면서 옆에서 자고 있는 선임을 불렀어. 그랬더니 선임이 부리나케 일어나며 "뭐?" 그러더라고. "저……, 저, 앞에 뭐가……." 내가 말을 더듬어가면서 희끗희끗한 것이 보이는 쪽을 가리키자, 그쪽을 보던 선임도 그것을 발견했는지 갑자기 온몸이 뻣뻣해지더니 "김 이병, 저……, 저게 뭐, 뭐냐?" 그렇게 물어보는 거야. "글쎄요, 잘 모, 모르겠는데요." 그러면서 둘이 열심히 그쪽을 바라보고 있는데, 갑자기 그 희끗희끗한 것이…….

거기까지 말을 했을 때, 갑자기 번개가 교실 안을 환하게 비췄다가 사라지더니 이내 천둥이 "콰쾅!" 하고 울렸다.

"꺄~악."

우리는 선생님의 이야기에 흠뻑 빠져 있다가 그 희끗한 것의 정체가 드러나려는 순간에 그런 상황을 당하자 모두들 기절초풍을 하듯 놀라고 말았다. 한동안 소란스럽다가 상황이 조용해지자, 우리는 선생님께 다시 이야기를 계속해 달라고 졸라댔다. 그러자 선생님께서는 그때까지와는 전혀 다른 눈빛(그때 그 눈빛은 뭔가 좀 색다른 점이 있었다)을 하며 우리를 쭉 둘러보시더니 이렇게 말씀하셨다.

"그럼, 이야기를 계속하지. 하지만 너희 중 누구도 이 다음부터의 이야기를 듣고 후회하지는 말아라! 자, 그럼 각오 단단히 하고 들어야 한다."

바로 그때!

"안 돼요! 그 이야기하지 마세요!"

하면서 교실 한쪽에서 누군가가 귀가 떨어져 나갈 정도로 소리를 질렀다! 워낙 숨을 죽이고 선생님의 이야기를 듣고 있던 우리는 깜짝 놀라며 소리가 나는 쪽을 일제히 바라보았다. 그리고 짧은 정적 속에서 2초, 3초 정도 시간이 흘렀을까?

"까~악."

"으아!"

앞쪽에 앉아 있던 어떤 아이와 교탁에서 이야기를 하시던 수학 선생님이 질린 얼굴을 하고 교실 밖으로 뛰쳐나가는 것이었다. 그때 만약 앞쪽에 있던 아이 하나만 교실 밖으로 뛰쳐나갔다면 아마도 우리는 그냥 자리에 앉아 있었을 것이다. 하지만 수학 선생님의 그 공포에 질린 표정과 쿵쾅거리면서 나가시는 모습에 우리는 일제히 교실에서 도망쳐 빠져나가기 시작했다. 교실 문에서 가장 먼 자리에 앉아 있던 나도 다른 아이들을 헤치고 교실 문을 향해 몸부림쳤다. 넘어지고 깨지고 정말 말이 아니었다. 우리는 교실을 빠져나와서도 복도 중간에 있는 계단을 내려가 1층

로비에 다다라서야 겨우 한숨을 돌리고 서로 얼굴을 쳐다보며, 이게 어떻게 된 일이지 묻고 있었다.

상황이 진정되고 5교시 수업이 끝난 후, 학교에서는 그날의 수업을 끝내기로 했고, 우리는 집으로 돌아갔다. 그리고 다음 날 학교에서 들은 이야기는 충격적이었다.

"어제 말이야, 그 이야기하지 말라고 소리쳤던 애 있잖아. 그건 작년에 수학 선생님의 그 이야기를 듣다가 심장 발작을 일으켜서 병원에 입원했다가 끝내 숨진 우리 학교 1년 선배였대."

"그……, 그럼, 뭐야? 죽은 선배가 어떻게? ……!!!"

제 26 화

사진 찍지 마!

　　너무너무 더운 여름날. 야간 자율 학습을 마치고 집으로 돌아오는 길에 친구가 오싹하게 해 주겠다며 들려 준 이야기이다.

　　중학교 때 자기 반에 여자아이가 하나 있었는데, 불행하게도 암에 걸리고 말았다. 그것도 워낙 말기 때 암이 발견되는 바람에 치료도 하지 못하고, 갑자기 1개월이라는 시한부 인생 통보를 받고 말았던 것이다. 여자아이는 매우 괴로워했고 진통제가 없으면 잠시라도 견디기 힘든 상태여서, 통증이라도 느끼지 않도록 아예 입원해서 관리를 받고 있었다. 물론 그 아이의 엄마는 모든 일을 제쳐 두고 딸 옆에서 24시간 늘 같이 있었다.

　　그런데 그 여자아이는 학교에서 너무 인기가 많아,

거의 하루에 한 번씩은 반 친구들이 문병을 오곤 했다. 그럴 때면 죽음을 앞둔 아이 같지 않게 밝게 웃으며 행복한 시간을 보내곤 했다. 하지만 그 여자아이의 엄마는 딸과 친구들에게는 여자아이가 시한부 인생이라는 사실을 밝히지는 않았다. 때문에 딸과 친구들은 잠시나마 즐거운 한때를 보내고 헤어졌고, 엄마도 그런 모습을 볼 때면 잠시나마 딸에게 닥친 불행을 잊을 수 있곤 했다.

그러던 어느 날. 의사가 말한 시한이 얼마 남지 않은 어느 날. 친구 두 명이 방과 후에 병원에 들렀다. 전에도 한두 번 들른 친구들이어서 엄마도 반갑게 맞이했다.

"어서 오렴. 고맙다, 얘들아."

"뭘요. 저희가 좋아서 온 건데요."

그런데 그날따라 여자아이는 다른 때와는 달리 표정이 밝지 않았다. 그래서 아이의 엄마는 딸아이의 상태가 좋지 않은 것으로 생각해 찾아온 친구들에게 오늘은 일찍 가는 게 좋겠다고 했다.

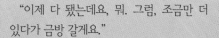

"이제 다 됐는데요, 뭐. 그럼, 조금만 더 있다가 금방 갈게요."

두 친구는 그렇게 말하고 병실에서 나가려 하지 않았다. 엄마는 순간 얘네들 말이 좀 이상하다는 생각을 했지만, 일부러 와 준 친구들의 성의를 생각해 가는 것을 재촉하지 못했는데, 계속 딸의 표정이 좋지 않은 것을 보고는 좋은 생각을 하나 떠올렸다.

"얘들아, 찾아와 준 기념으로 사진을 찍어 줄 테니까, 사진만 찍고 가자꾸나."

그랬더니 친구들은 이렇게 말했다.

"안 되는데……. 지금 사진 찍으면 나중에 더 힘들어요."

마치 딸아이가 시한부 인생이라는 사실을 알기나 한 것처럼……

"나중에 더 힘들다고? 그게 무슨 소리니?"

엄마는 얘들이 숨기고 있는 사실을 아는 게 아닌지 걱정하면서 일부러 밝은 표정을 지으며 그렇게 물었다.

"뭐 별다른 뜻이 있는 건 아니고요, 그냥 해 본 소리예요."

그렇게 알 수 없는 말을 하는 둥 마는 둥 하며 친구들은 딸의 양옆으로 다가가 얼른 포즈를 취했다. 엄마도 딸이 이상하게 생각할까 봐 얼른 카메라를 들어 사진을 찍고는 친구들을 급히 돌려보냈다. 혹시 다시 되돌아올까 봐 병원 밖까지 배웅을 해 주었다. 그런데 엄마가 친구들을 배웅하고 돌아오자, 딸은 이미 숨이 멎어 있었다. 그리고 숨을 거둔 딸의 표정을 본 순간 엄마는 오싹 소름이 돋았다. 딸은 엄마를 증오하는 듯 노려보는 표정을 짓고 있었기 때문이다. 하지만 그런 느낌도 잠시 엄마는 딸을 잃은 슬픔에 목놓아 울기 시작했다.

장례도 끝나고 몇 개월이 흘렀다. 하지만 엄마는 딸을 잃은 슬픔에서 헤어나지 못하고 눈물로 나날을 보내고 있었다. 그러던 어느 날, 엄마는 문득 딸이 마지막 숨을 거둔 날을 회상하다가 친구들과 마지막으로 사진 찍은 일을 기억해냈다. 엄마는 그것이라도 보려고 카메라를 찾아냈다.

카메라를 꺼내서 그때 찍은 사진을 화면으로 본 순간, 엄마는 그만 기절하고 말았다.

그 사진 속에는 친구들이 있어야 할 자리에 검정 옷을 입은 저승사자가 얼굴에 웃음을 띠며 딸의 목을 조르고 있었고, 딸은 매우 괴로워하며 마치 엄마에게 구해달라고 하는 것처럼 사진기를 향해서 두 팔을 뻗고 있었기 때문이다.

이야기를 마치면서 친구는 이렇게 말했다.

"그날은 우리가 소풍을 간 날이었거든. 병원에 문병을 갈 사람이 없었던 거야. 그러니까 그 두 친구들이 누구였겠냐? 그 생각만 하면 어휴!"

"……?? ……!!"

제 27 화

한여름 밤의 수영장

작년 여름의 일이었다.

우리 동네에는 내가 사는 아파트에서 5분만 가면 한강변에 자리 잡은 수영장이 있다. 서울에서 대형 야외 수영장이 아파트에서 그렇게 가까운 곳에 위치한 곳은 몇 군데 안 되기 때문에, 혹시 그 동네에 사는 사람이라면 그 수영장이 어디인지 바로 짐작을 할 것이라 믿는다.

작년에 나는 고3이었기 때문에 밤늦게까지 공부를 하지 않으면 안 되었다. 그러던 어느 날이었다. 친구녀석 하나가 유수지 바로 옆에 있는 도서관의 내 책상 쪽으로 와서는 이렇게 말하는 것이었다.

"야! 우리 날씨도 더운데, 수영장 안 갈래?"

"야, 지금 이 시간에 수영장 하는 데가 어디 있어?"

"어디 있긴, 바로 요 앞 한강변에 야외 수영장 있잖아."

"야! 거긴 유료인 데다, 밤에 경비 아저씨 있잖아!"

"경비가 있긴 뭐가 있어? 어제도 내가 갔다 왔는데. 아무도 없고 끝내 줘!"

그 꼬임에 빠져서 그 친구 녀석과 나 그리고 다른 아이들 세 명을 포함해 모두 다섯 명이 새벽 수영을 하기로 뜻을 모았다. 새벽 1시. 우리는 수영장을 향해 갔다. 한강변 잔디밭에는 더위를 피하려고 나온 사람들로 가득했다. 우리는 그 잔디밭을 지나 수영장이 있는 곳으로 갔다. 문이 잠겨 있었지만, 울타리를 넘는 것은 일도 아니었다.

우리는 재빨리 준비해 간 수영복으로 갈아입고 수영장 물속으로 조심스럽게 들어갔다. 그런데 알고 보니 거기에 우리만 간 것이 아니었다. 동네 여자아이 몇 명이 우리보다 먼저 와 있었던 것이다. 여자아이들은 우리를 발견하고는 '어머, 어머' 하고 낮은 비명을 지르며 수영장 밖으로 도망가 버렸다. 그중에는 내가 아는 아이도 한 명 있었는데, 바로 초등학교 동창이었다. 여자아이들이 모두 도망갔나 싶었는데, 유독 한 아이가 우리를 피하지 않고 수영을 즐기고 있었다.

우리는 처음엔 서로 모르는 체하면서 수영을 하며 더위를 잊고 있었는데, 여자아이가 먼저 말을 걸어왔다.

"얘들아! 같이 놀자!"

처음엔 어두워서 얼굴이 잘 안 보였는데, 어둠에 눈이 익숙해지자 여자아이의 얼굴도 잘 보이게 되었다. 그런데 꽤나 얼굴도 예쁘고 몸매도 좋았다.

우리는 속으로 쾌재를 외치며 그 여자아이와 함께 수영을 즐겼다. 그 다음 날도 그리고 그 다음 날도…… 우리는 수영을 하면서 여자아이에게 잘 보이려고 서로 무척이나 애를 썼다. 지금 생각하면 유치하긴 해도 어차피 누구나 다 마찬가지 아닌가 뭐?

그리고 며칠이 지났다. 새벽 수영을 함께 즐기던 녀석 중에 하나가 점심시간에 긴장된 얼굴을 하고 나에게 다가오더니 이렇게 말하는 것이었다.

"야! 우리 이제 새벽 수영은 가지 않는 게 좋겠어."

"왜? 엄마한테 걸렸구나! 짜식, 그럼 며칠 근신하다가 나중에 다시 와!"

그러자 그 녀석이 이렇게 말하는 것이었다.

"그……, 있잖아……, 그 여자애 말이야……."

"그 여자애가 뭐? 어쭈! 이제 보니 너 그 여자애한테 홀딱 빠졌구나! 그치!"

"아니, 그게 아니라……."

"아니긴 뭐가 아냐! 너 솔직히 말해! 야! 남자가 말이지 좋으면 좋다고 말하는 거지 뭐!"

그러자 녀석은 얼굴에 핏기가 가시면서 이렇게 말하는 것이었다.

"사실 내가 그 여자애를 좋아했거든. 그래서 그 여자애에 대해서 알아보려고, 우리가 처음 수영장 갔을 때 도망 쳤던 우리 초등학교 때 동창 여자애들 있잖아, 걔네들한 테 물어봤거든. 그랬더니 걔네들이 글쎄, 그때 자기네들 말고 다른 여자아이가 없었다는 거야."

녀석은 그 말을 하면서 표정이 완전히 굳어지더니 민소매를 입은 팔뚝에 소름까지 오돌토돌 돋는 것이 었다. 순간 나도 온몸에 소름이 돋으면서 긴장이 되 었다. 그리고 녀석이 이렇게 말을 이었다.

"거기에서 작년에 우리 또래 여자아이 하나가 새벽에 수영을 하다가 쥐가 나서 빠져 죽었대. 그 이후로 새벽이 되면 여자아이 하나가 수영을 하는데, 죽은 그 여자아이 와 비슷하더라는 거야. 그래서 수위 아저씨도 새벽 순찰 을 아예 돌지 않는대!"

"그럼, 그 여자아이가 죽었다는 그 여자아이란 말이 야?"

"그럴 가능성이 크다는 거지~."

"하지만 무슨 일이 일어나지도 않았잖아. 그게 그 여자 아이라면 우리가 이렇게 멀쩡할 수 있겠어?"

"야! 솔직히 말해서 지금 우리 중에 멀쩡한 놈이 어디 있냐? 다들 넋이 빠진 모습들을 하고 있잖아. 너도 뭐 요즘 공부 잘 되냐? 만날 새벽 수영할 생각밖에 안 하잖아."

사실 그랬다. 도둑 수영을 다닌 이후부터 온통 머릿속에는 그 여자아이뿐이었다. 하지만 친구 녀석의 이야기를 들은 순간! 몸이 <u>으스스</u> 떨리며 수영장 근처에는 얼씬도 하지 않게 되었다.

공포의 동영상

이 이야기는 바로 작년에 내 친구가 겪었던
실화이다.

지금은 고등학교를 졸업하고 성년이 되어, 고3의
피나는 시절이 먼 옛날처럼 느껴지지만, 작년까지만
해도 우리는 위태위태한 세월을 보내고 있었다.

나와 내 친구는 초등학교 때부터 줄곧 같은 학교를
다녔다. 나는 그저 그런 학생이었지만, 내 친구는 반
에서 늘 상위권을 유지했고 마음씨도 퍽이나 예뻤다.
지금은 다른 대학에 들어가 공부하고 있지만, 같은
동네라서 주말이면 친구의 집에 가서 놀곤 했다.

우리 학교에는 언제나 전교 1등을 놓치지 않는 지
은이라는 아이가 있었는데, 자존심이 아주 강하고 다

른 친구들과 잘 어울리지 않았다고 한다. 그런데 내 친구에게만은 먼저 말을 걸어올 정도로 아주 친근하게 지냈다고 한다. 공교롭게도 1학년과 2학년 모두 같은 반이었다가 3학년이 되어서는 다른 반이 되었다고 한다.

여름 방학이 가까운 어느 날. 모의고사가 끝나고 성적이 발표된 직후였다고 한다. 내 친구와 지은이라는 아이가 학교 수업이 끝나고 학원을 가기 위해 교문을 나서서 학원버스가 기다리는 길 건너편으로 갔다고 한다. 길을 막 건넜을 때 지은이에게 전화가 걸려왔단다.

"나 선생님이 부르셔서 학교에 가 봐야겠어. 얼른 갔다가 학원에 갈 테니, 집에 갈 때 같이 가자!"

걸려온 전화를 받은 지은이는 내 친구에게 그렇게 말하고는 신호등이 바뀌기 무섭게 학교 쪽으로 길을 건너갔다고 한다. 그런데 학원이 끝났는데도 지은이는 나타나지 않았다고 한다. 친구는 이상하다는 생각은 했지만, 무슨 별다른 일이 있을 거라는 생각은 하지 않고 집으로 돌아갔다고 한다.

그리고 다음 날 학교에 가니, 지은이가 죽었다는, 아니 자살했다는 이야기가 나돌았다는 것이다. 물론 그때의 상황은 나도 생생하게 기억한다. 한동안 경찰이 학교를 드나들었으니까. 지은이는 그날 밤 자기 아파트에서 뛰어내려 자살을 한 것이다. TV 뉴스에도 나왔으니까 기억하고 있는 사람도 있을 것이다. 하기야 매년 몇 명씩 나오는 고3 자살 뉴스는 이제 얘깃거리도 되지 않지만 말이다.

그때 지은이가 자살을 하면서 '선생님이 미워요!'라는 짧은 쪽지를 남겼다는 것은 TV 뉴스에 나온 그대로이다. 그래서 당시 경찰은 선생님이 정당하지 않은 이유로 지은이에게 모욕을 주었는지, 주었다면 그 선생님이 누구인지에 초점을 맞춰 수사를 했는데, 이상한 것은 그날과 그날 이전 며칠 동안 지은이를 때리거나 인격적 모욕을 준 선생님은 아무도 없었다는 것이다. 그래서 지은이의 죽음은 고3의 무게를 이기지 못한 한 우수 학생의 성적 비관 자살이라는 결론이 났었다.

그때 내가 느꼈던 것은 내 친구가 몹시도 불안해했다는 점이다. 그래서 친구에게 왜 그렇게 불안해 하느냐고 물었는데, 그때는 아무 얘기도 해 주지 않다가 얼마 전 우연히 둘이 맥주를 마시다가 친구는 이런 이야기를 해 주었다.

"지은이가 자살한 것은 인격적인 모욕을 당했기 때문이야."

"네가 그걸 어떻게 아니, 얘?"

나는 전혀 처음 듣는 이야기에 놀라며 친구를 다그쳤다. 그랬더니 친구는 앞에 놓인 맥주를 단숨에 들이키더니, 이렇게 말하는 것이었다.

"그날 지은이는 선생님한테 맞았거든. 물론 많이 맞거나 세게 맞은 것은 아니었지만, 줄곧 1등만 해서 귀여움을 받던 지은이에게는 참을 수 없는 모욕이었을 거야."

이어진 친구의 이야기는 이렇다. 지은이가 자살한 다음 날 지각할까 봐 허둥지둥 학교에 간 친구는 교실에 들어서서야 휴대폰을 열어보았다고 한다. 그랬더니 문자 메시지 여러 개와 영상 메시지 하나가 와 있었는데, 영상 메시지를 보기에는 좀 그래서 문자 메시지를 하나하나 열어 보았다고 한다. 그랬더니 새벽 1시가 넘은 시간에 지은이가 보낸 문자 메시지가 그 안에 있었다고 한다.

'나, 선생님한테 맞았어. 너무 처참해. ㅠㅠ'

그 메시지를 막 읽었는데, 같은 반 친구 하나가 교실로 뛰어 들어오더니 지은이의 자살 소식을 전했다는 것이다. 학교는 난리가 나고 그날 저녁 집에 돌아온 친구는 몰래 휴대폰으로 온 영상 메시지를 열어보았다는 것이다.

그런데 놀랍게도 그 영상 메시지에는 지은이가 손바닥을 맞는 장면이 찍혀 있었다는 것이다. 그런데 대놓고 찍은 것이 아니어서, 손바닥을 자로 맞는 장면이 몇 초 정도 찍혔을 뿐, 손바닥을 자로 때리는 사람이 누군지는 얼굴이 보이지 않아 알 수 없었다고 한다. 그래서 친구는 경찰의 수사가 진행되는 동안 무섭기도 하고 자기가 수사를 받게 되는 것이 두려워서 아무 말도 못했다고 한다.

그리고 수사가 종결된 어느 일요일, 친구는 TV를 보다가 깜빡 잠이 들었다고 한다. 그런데 누군가 문을 여는 소리가 들리는 것 같아서 잠에서 깨었는데, 몸을 일으키려고 하자 몸이 움직이지 않았다고 한다.

흔히 말하는 가위에 눌린 것이
다. 눈은 떴는데 몸은 움직이지
않고 답답했다. 그리고 한낮인데
도 주위가 어두워지더니 현관문이
스르르 열리더라는 것이다. 그리고
그 문을 열고 들어선 것은 잔뜩 슬픈
표정을 한 지은이었다고 한다. 친구
는 너무나 놀라 "지……, 지은아!" 하
고 불렀지만 목소리는 입에서 나오
지 않았다고 한다. 그런데 지은이는 슬
픈 표정에서 화난 표정으로 바꾸며 점점 친구 가까
이 다가와서는 꼼짝도 못하는 친구의 얼굴에 자기의
얼굴을 들이대며 이렇게 말하더라는 것이다.

"내가 보낸 동영상을 선생님께 보여 줘."

친구는 그 이야기를 하면서 그때의 끔찍했던 상황
을 떠올렸는지 표정이 이상하게 일그러져 있었다.

"친한 친구였는데, 그 애 얼굴이 내 얼굴에 닿는 순간
싸늘한 기운이 내 뺨을 감싼 거야. 그리고 숨이 넘어가는
듯한 그 목소리는 아직도 못 잊겠어."

하면서 세상에서 처음 보는 그런 표정을 지어보였다. 듣고 있는 나도 소름이 쫙 끼치면서 무서워서 더이상 이야기를 듣고 싶지 않을 정도였다. 하지만 친구는 이야기를 멈추지 않았다. 마치 누군가가 조종하는 것처럼 무표정하게……, 그리고 눈을 반쯤 올려 떠서 흰자위가 더 많이 보이는 그런 눈빛을 하고……, 친구는 계속 이야기를 이어갔다.

당시 지은이의 담임 선생님은 학교에서도 무섭기로 소문이 난 선생님이었기 때문에 친구는 분명 그 선생님일 거라고 생각했다는 것이다. 그런데 다행이도 친구의 담임 선생님은 마음도 착하시고 학생들의 고민도 잘 들어주시는 분으로 고3 상담을 맡고 계셨다고 한다.

그래서 친구는 다음 날 수업이 끝나고 야자 시간에 담임 선생님께 상담을 신청하고는 상담실로 선생님을 찾아갔다고 한다. 그러고는 지은이가 그냥 자살한 것이 아니라, 어떤 선생님께 맞았다는 이야기를 했다고 한다. 그랬더니 담임 선생님의 표정이 묘하게 일그러지며,

"너 그 얘기 어디에서 들었니?"

하고 물으셨단다. 그래서 친구는 휴대폰을 꺼내 선생님께 보여드렸다고 한다. 휴대폰에서 지은이가 보내온 동영상을 선택한 다음, 선생님께 드리며 플레이가 되는 OK 버튼을 누르시라고 알려 드렸다고 한다. 그리고 선생님 옆에서 선생님과 함께 그 동영상을 보았다고 한다. 동영상에는 몹시 흔들리기는 했지만, 지은이의 것으로 보이는 손바닥을 누군가가 자로 때리는 장면이 나타나고 소리도 함께 났다고 한다. 그런데 그 동영상을 보는 선생님의 손이 몹시도 떨렸다고 한다. 그래서 친구는 선생님의 떨리는 손을 보고는 '선생님 왜 그렇게 손이 떨려요?' 하고 물으려다가 그만 입을 다물고 말았다고 한다.

얼굴은 보이지 않지만 지은이의 손바닥을 자로 때리는 사람의 손이 가끔 나왔는데, 그 손에 끼워진 반지와 지금 휴대폰을 들고 있는 선생님의 손가락에 끼워진 반지가 똑같았기 때문이었다고 한다.

"너 이거 어디서 났니?"

선생님은 시뻘겋게 변한 눈으로 친구를 노려보며 떨리는 목소리로 그렇게 물었다고 한다.

"아……, 아니에요. 그……, 그냥 장난이에요."

그렇게 대답하면서 휴대폰을 선생님의 손에서 낚
아채듯 하여 상담실을 빠져나왔다고 한다. 그 이후
친구는 불안한 나날을 보냈고, 다행히 선생님도 그
일에 대해서는 더 이상 말이 없었다고 한다.

"너 참 재치도 좋구나. 그러면 그때 네 담임 선생님이

지은이를 때려서 지은이가 자살했다는 얘기잖니? 그럼
경찰에 신고했어야지?"

그러자 친구는 그때는 너무 무서워서 그럴 수가 없
었다고 한다. 그리고 그 이후로도 친구는 지은이의
꿈을 자주 꾸었고, 아주 힘든 날들을 보냈다고 한다.
당시 곧바로 방학이 되었고, 친구는 부모님께 부탁해
서 방학 보충수업을 빠지고 학원과 집에서만 공부했
다고 한다.

"그럼 그 동영상은 어디 있니? 아직 공소시효가 안 끝
났잖아."

내가 그렇게 말하자, 친구는 이미 지워버렸다고 했
다. 그리고 휴대폰도 대학교 들어오면서 아빠가 입학
선물로 새 것을 사 주셨기 때문에 이미 폐기하고 없
다고 했다. 그래서 그때는 나도 그런가 보다 했다.

그런데 얼마 전의 일이다. 내가 친구 집에 놀러갔
다가 친구가 엄마 심부름을 간 사이에 켜져 있는 친
구의 컴퓨터를 보고 있는데, '동영상'이라고 적힌 폴
더를 발견하고는 호기심에 그 폴더를 클릭해 보았다.
거기에는 소녀시대의 gee동영상, 빅뱅의 style 동영

상 등 여러 개가 있었는데, 그중에서 'J'라고만 적힌 동영상 파일이 하나 있었다. 다른 것들은 다들 제목이 긴데, 이건 제목이 짧아서 금방 눈에 띄었다. 그래서 그 동영상을 클릭해 보니, 자로 손바닥을 맞는 장면이 나오는 것이었다. 지은이가 심부름을 갔다가 빨리 돌아오는 바람에 더 자세히 보지는 못했다.

그런데 내가 그 동영상을 본 그날 밤부터 나는 지은이의 꿈을 꾸게 되었다. 아주 기분 나쁜 꿈을…….지은이라는 아이는 꿈속에서 항상 나에게 이렇게 말하곤 한다.

"네가 경찰에 신고해! 어서 빨리!"

제29화
수위 아저씨

　　이렇게 나이가 먹었는데 이런 이야기를 해
도 될지 모르겠다. 아들 녀석이 무서운 이야기를 해
달라고 하도 졸라대서 알고 있는 이야기를 몇 개 해
주었더니, 하나도 재미없다고 한다. 그래서 사이트를
뒤져 이야기해 주었더니 이미 다 아는 이야기라고 한
다. 무슨 이야기를 해 줄까 하다가, 내가 고등학교 때
같은 반 친구 녀석이 자기가 중학교 때 실제로 겪었
던 이야기라면서 해 준 이야기가 생각나서 아들 녀석
에게 해 주었더니, 정말 무서워하며 아빠 짱이란다.
그래서 여기에 한 번 올려볼까 한다.

　　친구 녀석은 학교 과학 수업 시간에 개구리 해부를
하게 되었다고 한다. 그때 어떤 약품을 사용했는데,
녀석은 개구리 해부에 재미를 붙여 그 약품이 너무나
갖고 싶었다고 한다. 그래서 그 약품이 어디에 있는

지 알아보았는데, 과학실 안에서도 특별하게 자물쇠가 채워진 캐비닛 안에 보관된다는 사실을 알아냈다고 한다. 물론 그 캐비닛 안에는 다른 것들도 들어 있어서, 과학 실험이 있는 수업 시간에는 늘 여닫곤 했다고 한다. 열쇠는 항상 과학 선생님께서 보관하고 계셨는데, 수업 시간 이외에는 그 열쇠를 어디에 보관하는지 전혀 알 수 없었다고 한다.

그래서 친구 녀석은 어느 과학 실험 시간에, 선생님께서 다른 조의 실험을 보고 계실 때, 선생님 책상 위에 놓인 캐비닛 열쇠를 슬쩍했다고 한다. 수업이 끝나고 학생들이 자기 교실로 돌아가고, 선생님이 자물쇠를 잠그려고 열쇠를 찾아보았지만 전혀 찾을 수 없었던 것은 말할 나위도 없다.

그날 친구 녀석은 과학 선생님은 물론 모든 선생님이 다 퇴근하실 때까지 기다렸다가 그 약품을 꺼내오기로 마음을 먹고 선생님들이 퇴근하시기를 기다렸다고 한다. 그런데 그날따라 왜 그렇게 선생님들께서 퇴근을 늦게 하시는지, 밤 10시가 넘어서야 간신히 학교가 비었다고 한다. 녀석은 과학실로 들어가서 그 약품이 보관된 캐비닛을 열고 원하던 약품을 두 개만 챙기고, 캐비닛 열쇠를 선생님의 책상 밑에 두고는 과학실을 나왔다고 한다.

과학실은 3층 복도 맨 끝에 있었는데, 과학실 문을 닫고 나오자, 자기가 도둑질을 했다는 마음 때문인지 괜스레 복도가 길게 느껴지고 한층 어두워보였다고 한다. 하지만 녀석은 그런 생각도 잠시 약품을 손에 넣었다는 기쁨으로 어두운 복도를 지나 계단이 있는 쪽으로 걸어갔다.

그런데…….

저벅! 저벅! 저벅!

자기 뒤쪽에서 자신의 발소리와 똑같은 간격으로 걸어오는 소리가 들렸다. 그래서 아무 생각 없이 뒤를 돌아보았다. 그런데 자기 뒤의 복도에는 아무도 보이지 않았다. 보이는 것은 어둡고 텅 빈 복도뿐. 그런데 이상하게도 그렇게 텅 비고 어두운 복도를 뒤돌아 본 순간! 왠지 스산한 느낌이 목덜미에 소름을 돋게 하는 것을 느꼈다.

하지만 그때까지만 해도 그뿐이었다. 녀석은 복도를 다 지나서 계단을 내려갔다.

터덕! 터덕! 터덕!

'응……???'

녀석의 보조에 맞춰 계단을 내려오는 발자국 소리. 하지만 '서라!'거나 '게 누구냐?' 하는 식의 목소리도 없이 따라오는 발자국 소리. 그제야 녀석은 뭔가 자신에게 이상한 일이 벌어질지도 모른다는 생각을 했다.

'뭐지?'

너무 무서운 나머지 뒤돌아볼 수도 없게 되었고, 그렇다고 멍하니 서 있을 수도 없었다. 그래도 녀석은 담력이 세었던지 있는 힘을 다해 달렸다고 한다. 하지만 그 속도 그대로 뒤따라오는 발자국 소리. 등 줄기가 땀으로 흥건하면서도 서늘한 기운이 느껴지자, 녀석은 더 이상 참지 못하고 2층과 1층 사이의 계단 창문을 통해 아래로 뛰어내렸다고 한다. 그 밑은 화단이었기 때문에 약간 긁힌 정도 외에 별다른 상처는 없었다고 한다.

녀석은 뛰어내린 순간, 자기도 모르게 창문 쪽을 올려다보았는데, 그 창문 안에는 베이지색 작업복을 입고 흰 수염이 난 웬 아저씨가 녀석을 노려보고 있었다고 한다. 무표정하고 눈동자가 유난히도 흰 눈으로!

친구 녀석은 있는 힘을 다해 학교를 빠져나와 집으로 돌아왔는데, 더 이상 뒤를 쫓는 발자국 소리는 들리지 않았다고 한다. 그런데 집에 와서 보니, 주머니에 넣어 두었던 약품은 온데 간데없었다고 한다. 아마도 2층과 1층 사이 계단 창문에서 뛰어내릴 때 화단에서 떨어졌을 것이라고 생각해 보았을 뿐이라

고 한다.

그리고……. 며칠이 지난 어느 날. 녀석은 교무 회의 중이던 선생님의 심부름으로 교장실에 가게 되었는데, 거기에서 그만 얼어붙고 말았다고 한다.

교장실에 들어가서 교장 선생님의 교무 수첩을 가져오라는 심부름이었는데, 교장실 문을 열고 들어가자, 그리 넓지 않은 방 안에는 단출하게 책상 하나와 소파 그리고 책꽂이가 있었고, 그 외의 다른 장식은 하나도 없었다고 한다. 그런데 벽 한쪽에 작은 액자가 하나 걸려 있었는데, 거기에 바로 녀석이 그날 밤에 본 그 아저씨의 사진이 들어 있었다고 한다. 그리고 그 밑에는 '학교를 구한 수위 아저씨를 추모하며'라는 사진의 제목이 붙어 있었다고 한다.

"야, 그럼, 그 아저씨가 이미 죽은 사람이었다는 거야?"

그때 듣고 있던 내가 확인하고 싶어서 물었다.

"바로 그 소리지! 그 사진을 보는 순간, 머리카락이 곤두서더라니까. 그때만 생각하면 정말 지금도 심장이 막 두근거린다니까! 그런데 얼마 전에 중학교 동문회가 학교에서 있어서 가 봤는데, 요즘 젊은 선생님들 중에 그 아저씨를 봤다는 소문이 있더라고. 애들은 무서워서 어떻게 그 학교 다닌다니?"

물론 지금은 그 수위 아저씨의 사진이 교장실에서 사라졌다고 하는데, 그 중학교 이름까지 여기에 적는 것은 사양하겠다.

제 39 화

싸이월드의 소녀

2년 전, 그러니까 내가 고2때였다. 같은 반
남자아이 중에 잘 생긴 아이(이름을 밝히기 어려우
니 G라고 하자)가 하나 있었다. 성격이 순해서 해 달
라는 것은 웬만하면 다 해 주는 스타일이었는데, 부
끄러움을 많이 타는 성격이라 여자 친구 하나 없었
다. 같은 반 여자아이들과 어울리는 것도 여럿이 함
께 하는 경우 외에는 잘 어울리지도 못했다.

내 친구 중에 경미라는 애가 있는데, 얘가 또 남자
아이와 비슷한 성격이어서, 얼굴은 그만하면 귀엽고
성격도 좋은데, 남자 친구를 사귀지 못해서 옆에서
보기 안타까웠다.

그래서 나는 둘에게 싸이월드를 통해 한번 교재해
보는 게 어떻겠냐며, 둘의 싸이월드 주소를 메모지에

적어 건네주었다.

그런데 내 성격이 원래 뭘 오래도록 기억하는 성격이 아니라서 둘이 잘 하겠지, 아니면 말고 하며 잊고 있었다.

그러던 어느 날부터인가 G가 눈에 띄게 나를 피한다는 느낌을 받았다. 말을 걸어도 대답을 안 하는가 하면 눈조차 마주치려 하지 않았다. 이상하게 생각한 나는 경미한테 슬쩍 물어보았다.

"얘, 너 걔랑 잘 되고 있니?"

"누구? 얘가 갑자기 자다가 봉창 두드리는 소리야?"

"왜 있잖아. 지난번에 내가 싸이월드 주소 적어 준 우리 반 남자애 말이야."

"걔? 내 싸이월드에 들어오지도 않았어."

"뭐? 그럼 왜 나한테 얘기 안 했어?"

"야, 그런 걸 창피하게 뭐 하러 얘기하냐. 안 오면 마는 거지."

경미를 만난 다음 날. G에게 가서 피하려는 것을 억지로 잡아놓고 이야기했다.

"너 왜 경미한테 일촌 신청 안 했어? 그런 거 싫었니?"

그랬더니 G는 이제까지 보지 못한 심하게 일그러진 표정을 지으며 이렇게 대답하는 것이었다.

"너 때문에 난 지금 너무 힘들어."

"뭐? 나 때문에 힘들다고? 그게 무슨 소리야?"

G로부터 들은 이야기는 정말 충격적이었다. 정리하면 대강 다음과 같은 이야기이다.

G는 내가 준 싸이월드 주소를 찾아가 방명록에 글을 남겼다고 한다. 그랬더니 그쪽에서 바로 일촌 등록을 해 주어서 그녀의 글을 읽고 댓글도 달아주고 했다는 것이다. 여자아이의 글에서 풍기는 인상이나 사고방식이 너무나 자신과 잘 맞아서, G는 상대편 여자아이가 너무나 좋았다고 한다. 그래서 용기를 내어

E메일 주소를 교환했고, 둘만의 비밀스런 대화도 하게 되었다고 한다.

그러다가 G는 여자아이를 만나보고 싶어졌다고 했다. 그래서 만나자고 했더니 그쪽에서도 흔쾌히 승낙을 했다는 것이다. 만나기로 약속을 잡고, 그날이 올 때까지의 시간이 얼마나 느리게 갔는지 모른다고 했다. 드디어 여자아이를 만나기로 한 날. 그리고 그 시간에 두근거리는 가슴을 안고 약속한 장소로 나갔단다.

그런데……, 막상 여자아이가 나타났을 때는 적잖이 실망이었다고 한다. 꽤 통통한 데에다 귀여운 구석을 아무리 찾으려 해도 찾을 수 없었기 때문이었단다. 그 이야기를 할 때 내가 말했다,

"야! 경미가 그 정도면 날씬하고 예쁜데, 무슨 소리를 하는 거야?"

내용을 알고 보니, 사실은 내가 써 준 주소 중에서 알파벳 하나를 잘못 읽은 것이었다. 내가 원래 r과 v를 거의 비슷하게 쓰는 습관이 있는데, 그날따라 r을 너무 v와 비슷하게 보이도록 쓴 것이다. 아무튼 G 또

한 그런 사정을 알고는 다음을 이어나갔다.

아무튼 첫인상에 실망을 했다고 해서 약속하고 나온 사람을 그냥 돌려보낼 수도 없어서 가볍게 주스를 한잔하고 헤어졌다고 한다. 주스를 마시면서 대화를 나눌 때도 혹시나 하는 기대를 해 보았지만, 역시 대답이나 겨우 하는 정도의 극히 소극적이고 재미없는 반응이었다고 한다. 그런데!!! 그날 집에 돌아와 그 여자의 싸이월드에 들어가 본 순간! G는 기절하는 줄 알았다는 것이다.

여자아이는 자신의 싸이월드에 드디어 남자 친구가 생겼다는 내용이며, 만나서 너무너무 즐거운 시간을 보냈다는 등 도저히 사실과는 다른 내용을 올려놓은 것이었다. 그리고 더더욱 기가 막힌 것은 자신의 사진까지 올려놓았다는 것이다. 찍은 적도 없는데, 아마도 휴대폰으로 몰래 찍었는지, 그날 만났던 주스가게의 의자에 앉아 있는 자신의 모습이 담긴 사진이었다고 한다.

그 이야기를 하면서 G는 얼굴이 왠지 공포에 사로잡힌 표정으로 변하더니, 더욱 알 수 없는 이야기를 했다.

그리고 며칠 뒤에는 자신과 그 여자아이가 함께 찍힌 동영상이 싸이월드에 올랐다는 것이다. 그 이야기를 하면서 G는 몸서리를 한번 치더니 이렇게 말했다.

"그런데 그 동영상 말이야. 그 여자아이가 누구를 시켜서 몰래 우리 둘을 찍은 것이 아니라, 자기의 휴대폰으로 찍은 거야. 그런데 나는 전혀 그런 사실이 없거든. 예를 들어서 아는 사람에게 우리 둘이 있는 장면을 동영상으로 촬영해 달라고 했다면 그건 이해하겠는데, 자기 휴대폰으로 우리 둘이 나란히 앉아 있는 장면을 한 손으로 휴대폰을 들고 찍은 동영상이라면 넌 믿겠니?"

"그럼? 그……, 그게? ……!!"

순간! 나의 등에는 한 줄기 싸늘한 기운이 척추를 타고 흘러내렸다.

이후로도 여자아이는 G와 만나자는 메일을 계속해서 보내왔는데, G는 곧바로 이메일 계정을 바꾸어 버렸다고 한다. 그런데 이상한 것은 바뀐 이메일 계정을 어떻게 알아냈는지 또다시 메일을 보내왔다는 것이다. 그러다가 급기야 협박까지 받게 되었다는 것이다.

'네가 좋아서 나의 싸이월드에 왔고, 네가 만나자고 해서 만나 주었더니, 이제 와서 피하다니, 그러면 안 되지…'
~~~

이제 G는 모든 이메일 계정을 폐쇄했고, 휴대폰마저 문자 메시지가 수시로 날아오는 바람에 중단시킨 상태라고 했다. 그리고 요즘은 그 여자아이의 꿈을 꾼다고 했다.

꿈은 대개 이런 식이다. 잠을 자고 있으면 누군가 문을 여는 소리가 들린다. 졸린 눈을 비벼 뜨고 문 쪽을 본다. 그때까지만 해도 그것이 꿈인지 아니면 정말로 자기가 깨어난 것인지 확인이 안 된다고 한다. 그러면 문을 통해 누군가가 들어온다. 엄마인지 아빠인지 남자인지 여자인지 알 수 없는 누군가가 G의 방문을 열고 들어오는 것이다. '누구……?' 하고 생각하며 자세히 보고 있으면, 점점 침대 가까이 다가오는데, 몸집이 점점 커진다고 한다. 그리고 그것이 육중한 몸을 이끌고 G의 침대 가까이 오면, 그 정체는 싸이월드의 바로 그 여자아이라는 것이다. 순간 G가 비명을 지르고 침대에서 일어나려 하면, 목소리는 나오지도 않고 몸도 전혀 움직일 수 없는 상태가 된다고 한다. 그리고 그 여자아이는 다짜고짜 공포에 질린 G의 목을 조르며 이렇게 말한다고 한다.

"네가 나의 손아귀에서 도망칠 수 있을 거라고 생각하니? 넌 나를 언젠가 한 번쯤은 꼭 만나게 될 거야. 하지만 그게 네가 죽은 이후의 순간이 아니기를 바랄게."

당시 G는 거의 패닉 상태였고, 일상생활이 거의 불가능한 지경에 이르러 있었던 것 같았다. 나는 그 싸이월드의 주인이 누구인지 궁금해졌다. 그래서 그날 집에 돌아와서 G가 들어갔다는 싸이월드에 접속해 보았다. 그랬더니 그런 계정이 없다는 것이다.

그렇다면……?

그 여자가 자신의 싸이월드를 폐쇄했거나?

아니면……?? ……!!

제 31 화

담력 테스트

내가 중학생 때 일이니까 벌써 10년이 넘은 이야기이다. 그 또래 남자아이들이 흔히 그렇듯, 누가 배짱이 좋은지 내기를 하는 일이 많았다. 그리고 그런 내기는 동네의 야산에 있는 어디까지 가서 무슨 표시를 해 놓고 온다든지, 아니면 무엇을 가져온다든지 하는 등의 놀이였는데, 지금 생각해도 유치한 장난이었지만, 남자애들은 무슨 명예라도 걸린 듯 목숨을 걸고서라도 해야 하는 일이라고 생각했던 모양이다.

한번은 이런 일이 있었다. 아마도 여름 방학 때였을 것이다. 동네 친구들 몇몇과 공원에서 놀다가 누가 배짱이 좋은지를 시험해 보자는 말이 나왔다. 사내아이들이란 참 이상하다는 생각을 했지만, 한편으로는 우리 여자들은 꿈도 못 꾸는 일이었기 때문에 멋있다는 생각도 들었다. 우리야 구경하고 얻어먹기만 하면 그만이었으니까 그런 게임이라면 늘 대환영이었다. 그때도 지는 쪽이 아이스크림을 사기로 했던 것 같다.

당시 우리가 살던 동네는 학교가 두 군데 있었는데, 도시가 아니었기 때문에 학생 수가 줄어들고 있었다. 그래서 학교 하나를 없애고 나머지 한 학교에서 중학생과 고등학생이 건물을 나누어 쓰고 있었다. 그래서 1년 전에 폐교한 그 학교에 가서 3층 맨 마지막 교실 칠판에 자기의 이름을 적고 오는 내기를 한 것이다.

그 학교는 원래 지금 사용하는 학교보다 건물도 오래되지 않고 시설도 좋았는데, 몇 년 전에 그 학교에서 학생 한 명이 자살을 한 이후로 귀신이 나온다는 소문이 많아 폐교하기로 결정된 것이어서, 사람들이 발길을 주지 않는 곳이었다.

담력 테스트에는 남자아이 네 명이 나섰고, 둘씩 짝을 먹고 두 팀으로 나뉘었다. 학교 건물은 중앙에 계단이 있고 계단을 올라가면 좌우 양쪽으로 교실이 세 개씩 있었다. 그러니까, A팀은 계단을 올라가서 3층 왼쪽 마지막 교실에, B팀은 오른쪽 마지막 교실에 있는 칠판에 자기들의 이름을 적어 놓고 오는 담력 테스트였다.

출발은 동네 입구에 있는 회관에서 하기로 하고, A팀은 마을을 오른쪽으로 돌고, B팀은 마을을 왼쪽으로 돌아 학교로 가는 식으로 정해서 체력 테스트까지 더한 게임이 되었다. A팀에는 내가 은근히 좋아하는 민석이라는 아이가 있었는데, 별일 없이 다녀오기를 바랐던 기억이 난다. 꽤 오래 걸릴 거라고 생각했던 담력 테스트 게임은 시작한 지 한 시간도 안 되어서 B팀이 돌아온 것으로 싱겁게 끝나고 말았다.

그래서 우리는 A팀이 오기를 기다리며 동네 회관에서 3·6·9게임을 하고 있었다. 그런데 게임을 하다 보니 시간 가는 줄 몰랐는데, B팀이 돌아온 지 한 시간이 지나도 A팀이 돌아오지 않는 것이었다.

"어머, 벌써 11시가 넘었네. 얘네들 어떻게 된 거 아니니?"

내가 그렇게 말하자, 다른 친구들도 그제야 걱정을 하기 시작했다. 어떻게 할까 고민하다가 이미 게임도 끝났으니 다 함께 가서 애들을 데려오기로 했다. 그래서 막 동네 회관을 나서는데, 민석이가 혼자서 온통 땀범벅이 되어 뛰어오는 것이 보였다.

"얘들아, 경철이 여기 있지?"

회관에 도착한 민석이는 다짜고짜 그렇게 묻는 것이었다.

"야! 너하고 함께 간 경철이가 왜 혼자서 여기에 오겠냐? 경철이는 어쩌고 너 혼자 온 거야?"

그러자 민석이는 얼굴을 찡그리며 빨리 그 학교로 가 보자고 하는 것이었다. 우리는 서둘러서 폐교로 향했다. 담력 테스트 때는 가져가지 않은 플래시도 큼지막한 것으로 두 개를 준비해서 말이다.

폐교에 도착하니 학교는 생각했던 것보다 훨씬 엉망이었다. 나는 물론, 우리 여자아이들은 모두 정말 무서워서 괜히 따라왔다는 생각을 했다. 그래서 남자아이들 팔에 매달려 조심조심 학교 안으로 들어갔다. 맨 앞에 플래시를 든 아이가 가고, 또 맨 뒤에서 플래시를 든 아이가 따라왔다.

학교 건물 문이 열리는 소리가 끼이이이익! 기분 나쁘게 울려 퍼졌다. 건물 안으로 들어서며 우리는 경철이의 이름을 불렀다.

"경철아! 경철아!"

그러자 건물 어디에선가 대답하는 소리가 들렸다.

"얘들아! 얘들아!"

그런데 그 대답을 듣는 순간 우리는 서로 얼굴을 마주보며 이상하다는 표정을 지었다. 그러고는 민석이가 나를 향해 나지막한 목소리로 이렇게 물었다.

"야, 지금 그 소리, 이상하지 않냐?"

"응, 뭔가 분명 이상한데, 뭐가 이상한지 모르겠네."

우리는 모두 분명 그 대답 소리가 이상하다는 생각을 했다. 하지만 뚜렷하게 뭐가 이상한지는 잘 모르겠다는 표정들이었다. 그래서 다시 경철이를 크게 불러 보았다. 그랬더니 또다시 들리는 대답 소리.

"얘들아! 얘들아!"

"꺄아아악!"

대답 소리를 들은 순간 나는 비명을 지르고 말았다. 그리고 다른 아이들도 서로의 팔을 있는 힘껏 붙잡으며 얼굴을 부들부들 떨고 있었다. 그것은 그 대답 소리가 건물 어디에선가 들리는 것이 아니라, 바로 우리 귓속에서 들렸기 때문이다.

"지금 그 소리, 귓속에서……?"

누군가가 작은 목소리로 그렇게 물어보았고, 그 물음이 채 끝나기도 전에 우리는 있는 힘을 다해 폐교에서 달아나기 시작했다. 우리가 달아나는 사이에도 귀에서는 "얘들아, 얘들아." 하는 소리가 들려왔고 온몸에는 한기까지 느껴졌다. 건물을 빠져나와 운동장을 달리며 슬쩍 뒤돌아본 폐교는 마치 우리를 따라오는 것 같아 보였고, 쉴 새 없이 "얘들아, 얘들아." 하는 소리를 귓속으로 밀어 넣고 있었다.

나는 다행히 민석이가 손을 꼭 잡고 같이 달려 주었기 때문에 약간은 안심되었지만, 그래도 누가 나의 뒷덜미라도 잡지나 않을까 무척 무서웠었다. 다른 여자아이들은 달리다가 넘어져서 무릎이 깨지거나 손바닥이 심하게 긁히는 등의 크고 작은 상처를 입었다. 하지만 누구도 비명을 지르거나 아프다는 말도 못했다.

간신히 운동장을 지나 교문을 나온 순간, 귓속에 울리던 소리는 더 이상 울리지 않았고, 느낌도 평온한 상태가 되었다. 학교 안과 밖이 완전히 다른 분위기였다. 하지만 그런 분위기를 느꼈을 뿐 공포가 사라진 것은 아니어서 우리는 아직도 학교에서 멀리 달아나기 바빴다. 한참을 달리는데, 한 아이가 말했다.

"야! 잠깐만! 경철이는 어떡하지?"

우리는 우선 회관에 가서 마을 어른들께 도움을 요청하기로 했다. 그래서 서둘러 회관으로 돌아왔다. 그런데 회관에 도착하니, 회관 한쪽 구석에서 경철이가 웅크리고 앉아 부들부들 떨고 있는 모습이 보였다.

우리는 며칠 후 아무 이상 없이 다시 마을 회관에 모였다. 그리고 거기에서 경철이는 자기가 그날 겪은 일을 이야기해 주었다.

민석이와 내가 죽을힘을 다해 달려 학교에 도착한
것은 아마도 B팀보다 이른 시간이었을 거야. 그래서
나는 장난기가 발동했지. B팀을 골탕 먹이고 싶어진
거야. 물론 민 석이는 잠깐 반대했지만, 이내 너 좋을
대로 하라고 했지. 그래서 민석이는 3층으로 올라가
서 칠판에 이름을 적고 오기로 하고, 나는 건물 1층
입구에서 기다리다가 B팀 애들이 들어오면 깜짝 놀
라게 해 줄 생각이었어. 생각만 해도 재밌잖아.

그런데 민석이가 3층으로 올라간 지 얼마 안 되어
서 나를 부르는 소리가 들리는 거야.

"경철아! 경철아!"

아주 다급한 목소리로
말이야. 나는 순간적으로
무슨 일이 일어났나 싶어
서 3층으로 막 뛰어갔어.
3층으로 뛰어올라가는 중
에도 민석이는 계속 다급
한 목소리로 "경철아! 경철아!"

하고 나를 불렀지. 그리고 내가 3층에 다 올라가서 왼쪽으로 가려는 순간! 오른쪽에서 "이쪽이야!" 하는 소리가 들렸어. 그 소리에 내가 거의 반사적으로 오른쪽으로 고개를 돌린 순간! 나는 깨달았어. 나를 부르는 소리와 방금 전에 들린 '이쪽이야.' 소리는 건물 어디선가 들리는 소리가 아니라 바로 나의 귓속에서 들리는 소리라는 걸 말이야.

그리고 고개를 오른쪽으로 돌린 순간! 복도 저편에서 교복을 입은 학생 하나가 희미하게 보이더니, 마치 순간 이동이라도 하는 것처럼 휘이익! 순식간에 내 앞에 와서는 빨갛게 충혈된 눈과 썩어 문드러진 얼굴을 바로 내 코앞에 들이대며 이빨이 다 빠진 입을 벌리고는 '이쪽이란 말이야.' 하고 속삭이는 거야.

그 모든 상황이 거의 1초나 2초 정도의 아주 짧은 순간에 일어난 일이야. 난 놀라서 몸을 뒤로 젖혔는데, 몸이 휘청하면서 계단 아래로 구른다는 느낌을 받으면서 그만 정신을 잃고 말았어. 그리고 깨어나 보니, 계단 아래 층 구석에 누워 있더라고. 그래서 어떻게 달려 왔는지도 모르게 회관으로 와서 너희들을 기다린 거지.

경철이는 그렇게 이야기하며 또다시 몸서리를 쳤다. 그리고 이렇게 말하는 것이었다.

"다음부턴 어디서 무슨 소리가 들리거든 그게 다른 곳에서 들리는 것인지 너희들 귓속에서 들리는 것인지부터 확인해. 알았지!"

제 32 화

선생님

　　우리 아빠와 엄마는 TV 뉴스에서 선생님이 학생을 때리고 폭행범으로 몰려 경찰에 신고당하는 기사를 보면, 가끔은 혀를 차곤 하신다. 물론 아주 심하게 아이들을 때리거나 인격적 모욕감을 주어서 학생들이 정신적으로 힘들어진 상황 같은 뉴스를 보실 때는 그렇지 않다.

　　하지만, 학생들이 심하게 떠들거나 선생님 말씀에 심하게 말대꾸를 했다는 이유로 회초리를 댔는데, 종아리에 상처가 난 정도의 일로 뉴스에 오르내리는 기사에는 가끔 선생님 쪽을 동정하는 듯한 발언을 하실 때도 있다. 아빠 엄마가 중고등학생 시절에는 다들 그 정도는 맞고 컸다는 것이다. 하지만 나는 그렇게 생각하지 않는다. 시대가 바뀌었고, 다양한 교육 방법이 연구·보급되어 있기 때문에, 굳이 그렇게 심한 행동으로까지 발전시킬 필요는 없다고 생각한다.

선생님 이야기가 나왔으니 말인데, 작년에 내가 대학교에 들어와서 만난 친구 중 한 명이 아주 특이한 선생님에 대한 이야기를 해 준 적이 있다. 그때는 그저 조금 무섭다는 정도로 넘어갔었는데, 가끔 생각날 때마다 되씹어 보면 왠지 점점 더 무서워지는 느낌이 들어 여기에 한번 옮겨 볼까 한다.

그 애가 다니는 학교에 국어 선생님이 한 분 계셨는데, 그 선생님이 화내시는 것을 그 아이는 딱 세 번 보았다고 한다. 1학년 때 한 번, 2학년 때 한 번, 3학년 때 한 번.

그 선생님은 아이들이 잘못을 하지 않는 이상 아주 좋은 분이라고 한다. 하지만 잘못을 한 아이에게는 아이의 동의를 구한 후, 사랑의 회초리를 든다는 것이다. 그런데 회초리에도 나름 원칙이 있었다고 한다. 성적 때문에 아이들을 때리는 일은 절대 없었다고 한다. 다만, 학생으로서의 신분에 어긋난 행동이나 인간으로서의 도덕성이 결여된 행동을 했을 때 주로 회초리를 든다는 것이다. 그런데 이 선생님이 한번 회초리를 들었다 하면 그 고통이 이만저만이 아니

281

라고 한다. 맞아본 아이들은 대부분 맞을 때, 살점이 떨어져 나가는 아픔을 느낄 정도라고 하니, 그 강도가 어느 정도인지 가히 짐작이 가고도 남는다.

"얘! 그 정도로 애들을 때리면 분명히 상처나 멍 같은 것이 들 텐데, 여태껏 항의하는 부모 한 명 없었다니?"

그 친구 이야기를 듣고 있던 내가 그렇게 물으니 친구는 순간! 얼굴이 굳어지면서 이렇게 말하는 것이다.

"그게 바로 내가 하려는 이야기의 핵심이거든."

그러면서 이야기를 이어갔다.

그런데 이상한 것은 그렇게 심하게 맞았는데도, 상처나 멍이 남는 경우는 한 번도 없었다는 것이다. 그 현상을 두고 그 선생님이 때리는 기술이 좋아서 그렇다는 아이들도 있고, 그 선생님에게는 사람에게 없는 어떤 알지 못할 힘이 있다는 아이들도 있었다. 사람에게는 없는 어떤 알지 못할 능력이 있어서 그렇다는 아이들의 이야기를 들어보면 정말 수긍이 가는 점이 많았다고 한다. 대표적인 예로, 졸업한 선배들도 모이기만 하면 꼭 그 선생님 이야기를 하는데, 그때마다 나오는 이야기가 그 선생님과 관련된 기이한 경험들이라고 한다. 예를 들면 선생님이 수업하고 계시는데, 갑자기 하늘이 어두워지고 천둥이 치는 날이면, 어두워진 교실 안에서 유난히 선생님의 눈빛이 빛났다든지, 그런 눈빛을 감추기 위해 모두에게 명상을 강요했다는 식의 이야기이다.

그리고 이 선생님, 정말 화가 나면 무엇인지 알지 못할 공포의 힘이 학생들을 압도한다고 한다. 그리고 그 화를 참지 못할 지경에 이르면 선생님은 모두에게 눈을 감으라고 하신다는 것이다. 그리고 만약 누군가가 살며시 눈을 뜨려고 하면 어떻게 그걸 아시는지, 그 학생의 이름을 부르며 "눈 뜨면 맞는다!"고 하신다고 한다. 그럴 때면 그 학생은 며칠 동안 선생님과 눈도 못 마주친다고 한다.

여기까지 이야기한 친구는 잠시 한숨을 돌리더니, 이제부터가 진짜 이야기라며 이야기를 이어갔다.

"내가 3학년 때였어. 그날은 장마철이 막 시작되는 시기였는데, 갑자기 하늘에 구름이 끼기 시작하더니 완전히 밤처럼 어두워지는 현상이 발생한 거야. 이어서 비가 쏟아지고 번개가 치는데, 갑자기 한 학생이 '선생님 무서워요!'라며 소리를 질렀지. 그 말을 들은 선생님은 갑자기 표정이 바뀌더니 '무섭기는 뭐가 무서워?' 하고 짧게 한마디를 하셨는데, 그 목소리가 평소와 많이 달랐던 거야. 목소리가 조금 달라진 사실을 눈치챈 선생님은 몹시 당황한 표정을 지으면서 모두에게 눈을 감으라고 하셨대. 그리고 그마저도 안심이 안 되었던지 교실 뒤쪽으로 가서 서 계셨다더군."

친구는 순간 뒤에 서 계신 선생님의 모습이 궁금해졌다고 한다. 하지만 눈을 뜰 수조차 없는데, 어떻게 뒤에 있는 선생님을 볼 수 있을까 하는 생각을 하면서 아주 살짝 눈을 뜨려고 했다고 한다. 순간!

"이민지! 눈 뜨면 맞는다!" 하고 뒤에서 선생님께서 소리를 지르셨다고 한다. 그런데 하필 그 선생님의 목소리보다 천둥소리가 먼저 '콰쾅!' 하고 울렸고 그 소리에 놀라 감아야 할 눈이 자기도 모르게 번쩍 떠지고 말았다는 것이다. 물론 화들짝 놀라서 다시 눈을 감기는 했지만, 눈을 떴다가 감은 그 짧은 순간에 친구는 자신의 책상 위에 놓여 있던 손거울을 통해 선생님의 모습을 보고 말았다는 것이다.

불꽃이 일듯 이글거리는 눈빛과 세상의 모든 고뇌를 담은 듯 찡그린 얼굴, 그리고 그 등 뒤로 보이는 늑대의 모습을 한 검은 그림자까지!

친구는 자신이 본 선생님의 모습을 의심했지만, 그래도 한 번 본 것을 안 본 것으로 뒤집을 수는 없는 노릇이었다. 눈은 감았지만, 선생님의 모습은 계속 머릿속에서 맴돌았고, 그 이후 몇 분 동안 친구는 정말이지 등이 간질거려서 죽는 줄만 알았다는 것이다.

그리고 또 몇 분이 지나자, 뭔가가 뒤에서 자기 쪽으로 다가오는 것 같은 느낌을 받았다고 한다. 그 느낌은 점점 자기에게로 다가오더니, 친구의 귀에 대고 나직하고도 무거운 톤으로 이렇게 말하더라는 것이다.

"천둥소리 때문에 네가 내 모습을 본 것은 용서하겠지만, 네가 졸업할 때까지 어디에서도 내 이야기를 해서는 안 된다. 그러면 난 너를 어쩔 수 없이 죽여야 하기 때문이야!"

그 이후로 선생님은 친구와 눈을 마주칠 때마다 손가락을 입에 가져다 대며 말하지 말 것을 주지시켰고, 친구는 그 국어 선생님과 눈이 마주칠 때마다, 그 공포의 순간을 되새겨야만 했다고 한다.

그리고……, 지금도 그 학교에서 아이들을 가르치고 계실 선생님을 생각하면 섬뜩한 기분이 든다고 한다. 그리고 마지막으로 한마디를 덧붙였다.

"그 학교를 여기에서 말한다면 아마 나는 어떤 일을 당하게 될지 몰라, 얘!"

http://thering.co.kr

'잠들 수 없는 밤의 기묘한 이야기'는 도시 괴담, 실화 괴담 등
여러 괴담을 중심으로 공포 만화, 공포 영화, 공포 게임 등 공포
에 관련된 전반적인 소재를 다루는 블로그로 공포물에 대한 인
식 변화 및 저변 확대를 위해 노력하고 있다.

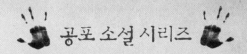

공포 소설 시리즈

+ + +

잠들 수 없는 밤의 기묘한 이야기

105*150 | 송준의 엮음 | 188쪽 | 5,000원

도시화가 가속화되면서 생겨나는 불안을 배경으로 형성된 도시 괴담. 떠도는 괴담처럼 보이는 이 이야기들은 바로 옆집에서, 또는 나에게 직접 일어날 수 있는 일입니다. 천만 네티즌의 등골을 서늘하게 했던 공포 시리즈의 전설이 시작됩니다.

정말로 있었던 무서운 이야기

105*150 | 송준의 엮음 | 269쪽 | 5,000원

공포! 그것은 어디에서 오는 것일까요? 어쩌면 공포심이란 건 각자의 마음이 지어낸 상상의 산물일 수 있습니다. 그러나 진짜 무서운 일을 겪은 사람은 상상이 아닌 실제의 공포가 얼마나 섬뜩한 것인지를 압니다. 이 책에 담긴 45개의 이야기는 누군가 실제로 겪은 공포 체험담입니다.

영혼의 조종자 무서운 이야기 III

105*150 | 송준의 엮음 | 289쪽 | 5,000원

기존의 공포 소설이 작가의 억지스러운 상상을 통해 나온 것에 비해 직접 체험한 이야기를 실었다는 점에서 공포의 격을 달리합니다. 가장 현실적인 이야기들만 다루었기에 읽고 난 뒤 밀려드는 공포는 가히 메가톤급! 45개의 이야기를 알차게 담았습니다.

공포의 그림자 무서운 이야기 더 파이널

105*150 | 송준의 엮음 | 249쪽 | 5,000원

천만 네티즌의 심장을 얼린 무서운 이야기의 결정판! 훔쳐보는 눈령(靈), 죽음의 빗술 살(殺), 어둠의 시간 묘(妙), 세 파트로 나뉜 39개의 이야기가 숨을 곳 없는 당신의 방으로 찾아갑니다. 책을 드는 순간 끝나지 않을 공포가 스멀스멀 펼쳐집니다.